U0916462

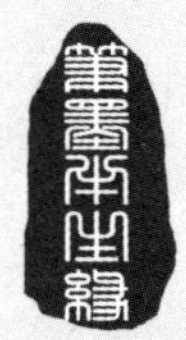

筆墨半生緣

张道诚 著

中国文史出版社

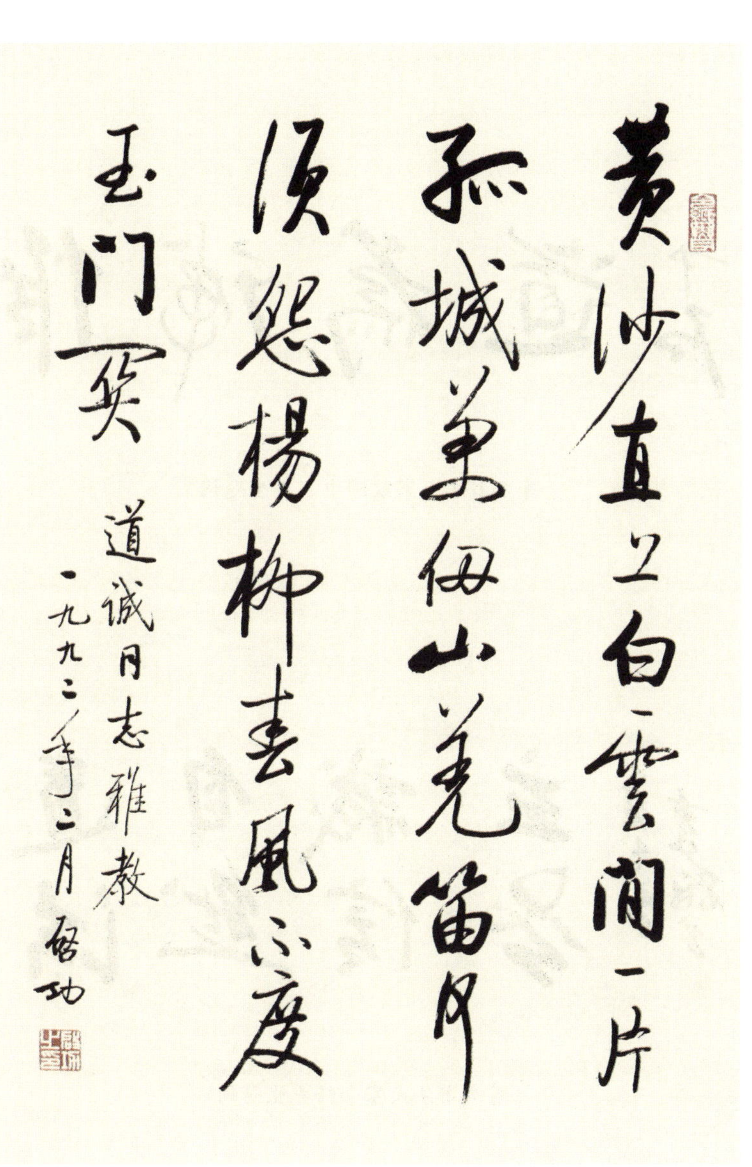

著名书法大家启功先生题词

著名书法大家欧阳中石先生题词

著名书法大家李铎先生题词

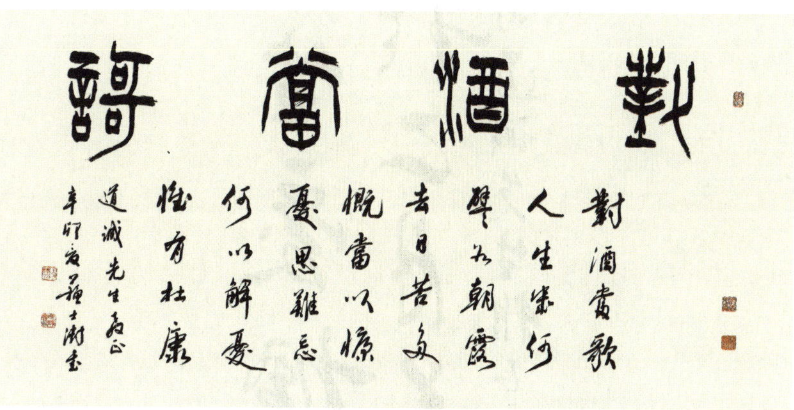

中国书法家协会名誉主席苏士澍先生题词

停車坐愛楓林晚
霜葉紅於二月花

杜牧詩句 道誠先生雅正 乙亥 蘇適

著名书法家苏适先生题词

目　　录

写在前面的话

我出生于1941年古历八月二十六日，属蛇。还有一个哥哥，比我大三岁。之后又隔了三年，我大妹妹问世。小妹妹比我小六岁，小弟弟是1949年出生。家里比较穷，接二连三增加人口，生活十分拮据。五个孩子，全靠母亲一个人管。所以，农村的孩子全都是大点的带小点的。我的两个妹妹和弟弟，基本上都是跟着我长大的，直到我十岁时上学。

可能是年龄大的关系，我在学校里成绩比较好。课本上教的，都能很快背下来。中午休息时，让写毛笔字，因为成季鲁老师的毛笔字写得好。晚上，在煤油灯下，母亲纺棉花时，还能读给她听。母亲不识字，但她能听懂，也经常给我讲打抱不平的故事。到我上五年级时，要走五六里路去阜城店高级小学上学。那时候小学四年级毕业后要考五年级，高小就只有一处。我是考的第一名，晚上跑去看榜，在月光下，看到自己考了第一名，别提多高兴了！

高小时，我的班主任是聂绍宪老师，高高的个子，说话声音很大，是个老学究，会画兰花。每周一次作文，隔周写一次日记，要求都用毛笔写。讲话时，老师总是把全班作文排名念一遍，每次我都是第一名。这样大大地激发了我写作的积极性，渐渐地培养了我的作文兴趣。自此之后，更认真去写作文，开始萌发了我的作家梦，立志做一个文化人，成为一个作家。

在中学时，我喜欢文科，读了许多书，并开始写一些小东西，短文章，如诗歌、儿歌，读后感、观后感一类，在学校编写黑板报等。中学阶段我的班主任张传策先生是教语文课的，还写一手漂亮的柳体书法，对我影响很大。在我高中毕业时，他希望我考北大中文系或山大中文系，我也不知道天高地厚地报考这两所大学。那时的想法是通过上大学，读中文系，成为一个新闻工作者，能够发表一些文章，走上文字道路。

1963 年我高考名落孙山之后，便回乡当了知识青年，任村里的团支部书记，做了一些社会工作。白天下地劳动，晚上便读书和写东西，反映农村情况，到处投稿。1964 年 6 月 9 日，《大众日报》发表了我的处女作《农村可以大有作为》一文，差不多半个版面，两千多字。这篇文章的发表，极大地鼓舞了我，激发了我的创作热情，我开始写《我们走在大路上》长篇小说。后来因为调我去山东省团校学习而中止。因为这篇文章是我最早发表的，故也收到这个集子中来。

人生有很多偶然的机会。就在我正在省团校学习的时候，《中国青年》杂志社编辑王洁玉同志到团校召开座谈会，学校派我参加了。学习结束后就调我到《中国青年》杂志社做编辑、记者工作了。天下就有这么巧的事，本来上大学就想做记者，虽然未考上大学，却阴差阳错地做上了这项我最喜欢的工作。我特别高兴，感谢组织上的培养。1965 年我调到了北京，同学们说我坐直升机的，一步登天了。关于这方面的一些文章发表在诸多杂志上，是一些记者采写的，我也选在这个集子里了。

“文化大革命”期间，我在河南潢川团中央五七干校劳动了五年。1973 年回北京筹备《中国青年》复刊，直到 1978 年才正式复刊。1978 年夏天，我和《人民日报》记者于国厚、谷嘉旺共同采写了《暴风雨中的海燕》一文，写的是北京手表壳厂贺延光同“四人帮”做斗争的故事。因为当时还未为“天安门事件”平反，报刊都不敢发表。此文发表于 1978 年的 10 月 12 日，《人民日报》和《中国青年报》同日发表，占一个版面，比北京市为“天安门事件”平反还早一个月。这篇文章当时影响极大，我也选进了这个集子了。

这个集子中，有三部分文章。一部分是写我的文章，如李铎先生写的《道法自然，诚信立世》，还有一些记者和朋友们写我的。一部分是我写的，除了上面讲到的两篇之外，还有些未收到我集子中去的发表在报刊上的东西。第三部分是我自订的大事年表，从出生订到现在，一些有影响的大事。

我已出版的东西有：诗集《诚信斋吟草》《岁月的脚步》，散文集《苔花如米小》《难忘的记忆》《生活的浪花》，以及一些书法作品集等。

只有努力下功夫，才能圆年轻时的梦。我在工作中加强了自学，以弥补自己知识的不足。经过努力，在同志们帮助下，我加入了中国作协和中国书协，圆了自己的梦想。现在我已经八十岁了，自知时日不多，但求健康快乐。这个集子的出版，把过去写的一些东西献给诸位朋友，起名叫《笔墨半生缘》，人生一半在于我，另外一半听自然。

请大家批评指正。

2020 年 4 月 28 日于诚信斋

我写

农村可以大有作为

我是去年高中毕业的学生，刚回到家乡——广饶县朱家公社北高村时，心里有些惴惴不安，认为没考上大学，回家和泥土打交道，还不一切都完啦。我为自己的前途而伤心。

大队党、团组织发现了我这种情绪后，及时教育帮助了我。党支部书记对我说：“你是我村的第一个高中毕业生，大家都为你回村感到高兴，好好干吧，将来事情就全靠你们青年人了!”支部书记的话教育了我，使我又回忆起了我的家史：三代靠讨饭、扛长工为活，爷爷在旧社会被活活地饿死，爸爸给财主干活累弯了腰……在那样吃人的旧社会，命都保不住，哪里还能读书？到了新社会，我家不但政治、经济翻了身，我还念了高中。我是在党的培养下长大的，我一点一滴的知识，都凝结着劳动人民的血汗。我扪心自问：“劳动人民用血汗替你换来了知识，难道今天还不应当老老实实地为农民服务吗?”我又重新阅读了毛主席的《青年运动的方向》《五四运动》《纪念白求恩》《为人民服务》等文章。这些文章过去也曾读过，但从来没有这次收益大。毛主席说：“革命的或不革命的或反革命的知识分子的最后的分界，看其是否愿意并且实行和工农民众相结合。”我反复考虑这句话的意义。我觉得自己是个知识青年，应当听毛主席的话，去和工农群众结合到一块儿。我下定决心把知识献给农村的社会主义建设事业，献给农民群众。从此，我心里就亮堂了，个别落后群众的议论、讽刺，我也不怕了，干起活来劲头也更大了。锄地早到头，就给他们接趟。

过去，我认为当一个农民有没有文化是一个样，反正种地得卖大力气，因此，就感到自己学的东西用不上，叹“英雄无用武之地”。事实恰恰相反，农业劳动是大有学问的。我曾遇到过这样的事情：去年玉米生了玉米螟，队里让我领一群青年去除虫。这些青年都没配过药，我也同样没有实际操作经验。怎么办呢？我想起了在农业基础知识课上曾学过配药问题，于是我就按照课本上介绍的方法，配制了农药，结果效果很好。从这里我认识到，在农业生产劳动中，处处都有学问，处处都用得上学到的科学文化知识，就看你愿意用不愿意用。

通过和社员们拉家常，我了解到青年社员喜爱唱歌，但愁着没有人教他们。于是，在休息时，我就教他们唱歌。他们学会了《听话要听党的话》《社员都是向阳花》《学习雷锋好榜样》《学大寨赶大寨》《谁不说俺家乡好》等十一首革命歌曲后，村子里就不再死气沉沉了，到处充满了革命的歌声。每逢开社员会，我就领着青年们先唱个歌。我还根据青年农民的要求，办起了一所民校。抽空我把课文准备好，在晚上就给他们讲。既学习文化、政治，又学革命歌曲和毛主席著作。青年们学习劲头很大，第一天晚上就到了全村青年的百分之八十以上。

我回村后，一些社员经常找我给他们念信、写信，这些我都高兴地去做。我觉得，我们的前辈受压迫，受剥削，没有读书的机会，今天自己有机会读了十二年书，给社员们写写信、念念信，还不是应尽的责任吗？所以我就买下了几本信笺和一沓信封，准备随时给社员们写信用。

青年们捞不着新书读，只好读些荒诞离奇的旧小说。受旧小说的影响，他们到一起就说神道鬼。我看到这些，就找些革命书籍借给他们看，像《红岩》《红旗谱》《野火春风斗古城》等。我又到县文化馆办理了借书证，成立了小图书室，让大家借阅。目前，青年们读红色书籍已经成了风气，到一块儿常常谈论小说《红岩》上的江姐、许云峰、成岗等英雄人物。我还和团支部一起创办了黑板报，组织了《毛泽东选集》学习小组、读报小组。在干活休息时，给社员们读报纸，讲卫生常识，讲破除迷信的一些小故事。最近，我给社员们读了《大众日报》上登载的《东张屯一年巨变》的文章，社员们便议论纷纷。社员高可久说："过去光看到咱穷，光靠吃国家救济粮，人家东张屯过去和咱差不多，人家能变，难道咱就不能变吗？咱也得赶赶人家，改变这落后面貌。"社员高洪儒也说："过去咱鼠目寸光，眼光短浅，学了文件，心里亮堂了，站在咱家乡，能够看到天安门了。"于是，社员们劳动起来就来了劲头。

通过劳动，我进一步认识到毛主席说的"农村是一个广阔的天地，在那里是可以大有作为的"，这句话是万分正确的。我将在这个广阔的天地里，细步前进，再不为自己回农村"屈才""没出息"而苦恼了。

我是一个刚刚奔向农村的新兵，是在党的阳光沐浴下开始扎根生长，只是把我应该做的事做了一点点，可是群众却给了我很高的荣誉，说我是“穷村子里的秀才”，把我评为“五好社员”，又选我当团支部书记。最近，我又光荣地加入了伟大的中国共产党。我真感到无比的幸福。通过生产劳动的实践，我感到自己的知识不是用不上，而是不够用的。面临着阶级斗争、生产斗争、科学实验三大革命运动，我决心要反反复复地读毛主席的书，时时刻刻按照毛主席的指示办事，永远做毛主席的好学生，永远走和工农群众相结合的道路，把毕生的精力献给社会主义新农村的建设事业。

（发表于1964年6月9日《大众日报》，当时署名为回乡知识青年金雁）

暴风雨中的海燕

——记青年共产党员贺延光同“四人帮”英勇斗争的事迹

1976年1月，敬爱的周总理不幸逝世。在这前后，“四人帮”猖狂地反扑过来，迫不及待地要把党权、政权、军权都夺到他们手里，这就展开了又一个极其严重的斗争。他们施展种种阴谋，压制和迫害悼念周总理的广大干部和群众，诬陷邓小平同志。经过“文化大革命”锻炼的广大干部、群众和人民解放军指战员，表现出很高的路线觉悟，对“四人帮”的倒行逆施极为愤慨，采取多种形式进行抵制和反对，以无所畏惧的革命精神顶住了他们的压力。

——华主席在五届人大的《政府工作报告》

人们赞美暴风雨中的海燕，赞美它那不畏艰险、勇猛顽强的战斗精神。

在“四人帮”横行，祖国上空乌云密布的艰难日子里，多少共产党员、革命青年，像暴风雨中的海燕，面对“四人帮”的淫威，坚持真理，勇敢战斗，表现了共产党人无所畏惧的革命精神。北京市崇文手表壳厂青年共产党员贺延光，就是这样一位好同志。

贺延光是原崇文区工业局党委委员、崇文区化纤厂革委会副主任、党支部委员、团支部书记，他旗帜鲜明地在各种会议上，揭发江青、张春桥、姚文元的阴谋和罪行；并且率领群众沉痛悼念周恩来总理，抵制“四人帮”对邓小平同志的所谓批判，因此遭到“四人帮”的残酷迫害。现在，贺延光同志的问题总算是彻底平反了，并当选为共青团十大代表，这是深入揭批“四人帮”的胜利。

一

1975 年底，清华园里刮起阵阵妖风，大字报铺天盖地。去清华大学看大字报回来的路上，贺延光心情很不平静。他想到，敬爱的周总理病了，邓小平同志主持中央的工作，抓落实毛主席的三项指示，抓各条战线的整顿，在不太长的时间里，钢铁生产开始回升了，煤炭生产上去了，火车运行正点了。这些使全国人民高兴的事，他们硬说是“复辟”“回潮”，这是为什么？他们的罪恶矛头指向谁呢？

1976 年元旦，小贺同他的战友陈瑞来到一个同事家中。他们一起分析报纸杂志上的各种谬论，谈论清华大学的大字报和正在开展的运动。大家认为，这些歹徒的矛头是指向邓副主席和周总理，以及一大批老一辈无产阶级革命家的。说起敬爱的周总理，大家心头热，话语多，赞周总理丰功伟绩，骂野心家丧心病狂。周总理从9月7日以来，再没有在医院接见外宾，他老人家的身体怎么样了呢？面对复杂的形势，大家多么盼望总理尽快恢复健康，快点出院工作呵！

1月9日清晨，噩耗传来，大家听时不敢信，信时心已碎，总理竟与我们永别了。人们哀思如潮，泪水如雨。然而，“我哭豺狼笑”，有人却大摆酒宴，下令唱戏，不让群众送花圈，不准戴黑纱，不许开追悼会。

看到有人压制悼念周总理，小贺心情更加沉重。祖国的前途和命运使他饭吃不香，觉睡不熟，忧心忡忡，思绪万千。他想到自己是个共产党员、基层干部，对错误路线要舍出命来抵制，在自己的职权范围内，决不能让野心家阴谋家搞的那一套泛滥起来。

1月14日早晨，贺延光刚进化纤厂的大门，就听到正在广播《大辩论带来大变化》那篇黑文。他听了非常反感，立刻要人把广播关掉。他说：“全国人民正在悼念周总理，谁关心什么‘大辩论’，完全是强奸民意！”

3月上旬，工业局举办基层干部学习班，小贺在会上说：“现在报纸上的宣传，我不理解。批三项指示为纲，到底是怎么回事？3月5日《文汇报》为什么要删掉总理的题词，这又是怎么回事？”他一连串提了许多问题，参加会议的同志会意地点头。小贺接着说：“文章咱们别学了，学也解决不了问题。还不如回去干点活！”结果，学习班不了了之。

一天，工厂里举办的党员学习班开会。小贺带头发言，历数张春桥、江青、姚文元的丑恶表演。江青抢镜头，把总理挤到一边；出卖国家机密，为自己树碑立传；在向总理遗体告别时不脱帽，她居心何在？许多人追问："是谁把持着报纸，控制着舆论工具，整天胡说八道？"小贺愤怒地说："还不是张、姚一伙！"大家越谈话越多，学习班变成了揭批"四人帮"罪行的会。

局里电话催问厂里贴大字报的数字，小贺说："数字可以告诉你，但都是假的，大字报都是照抄报纸。""我自己就不通，连一张大字报也没写。"在小贺抓运动期间，厂里一次批判会也没有开。

好心的同志劝他说："小贺，你负责抓运动，至今不写一张大字报，却到处发表相反的意见，样子总得做做吧？"小贺对他说："对领导对同志，我要襟怀坦白，光明正大，现在我是一不想自己上当受骗，二不想去让别人上当受骗。我们不能再搞林彪那一套'理解的要执行，不理解的也要执行'。"

在失去敬爱的周总理的那些日子里，"四人帮"刮起的妖风恶浪不断升级，他们妄图抹掉周总理光辉形象的罪恶行径，却从反面擦亮了人民的眼睛，激发人民奋起与他们斗争。深深扎根于群众之中的贺延光，看到人民怒不可遏了。他在人民群众当中听到雷声，看到了闪电，一场席卷一切妖魔鬼怪的大风暴就要来了。

贺延光像勇猛的海燕展开了刚健的翅膀，迎战那大海中的狂风巨浪。

二

1976 年 4 月 1 日，人民英雄纪念碑下已经布满了花圈，用花朵组成的“人民总理人民爱，人民总理爱人民”字标，是那样醒目、引人。臂戴黑纱、胸佩白花的人们，含着泪水将朵朵白花插在松墙上，挂在栏杆边。一年一度的清明节来临了。“清明时节倍思亲，不见报刊怀念君。无限哀情压不住，纪念碑前人如云。”就这样，清明节人民悼念周总理的活动，在凛冽的寒风中开始了。

上午九时许，贺延光率领着八十多人组成的队伍，抬着花圈从广场南侧走来。由于送花圈、举行宣誓活动的人很多，大家有秩序地缓缓前进，经过半个多小时，这支队伍才靠近纪念碑。贺延光跨上台阶，面对大家读着悼词：“敬爱的周总理，我们日夜想念您……”泪水模糊了他的视线，队伍里发出低声的抽泣。他深情地念完了对周总理崇高评价和无限怀念的内容，接着，大声地读道：“国内那些被打倒的阶级敌人和党内的资产阶级野心家阴谋家，在企图篡夺党和国家的领导权，妄想改变国家的颜色……对于这种危险性，我们必须密切地注视它，决不能松懈革命的警惕性！

“披着假马克思主义外衣（实际上是资产阶级的奇装异服）的党内资产阶级人物，在经过无产阶级‘文化大革命’锻炼的革命人民面前，必定原形毕露，自取灭亡。”

念到这里，他举起拳头，带领大家向周总理宣誓：“我们要发扬敢于斗争的大无畏精神，同赫鲁晓夫、林彪式的人物血战到底！马列主义必胜，修正主义必败！”

这列长队护送着花圈拾级而上，小心地安放在碑座的大理石上。悼词牢牢地贴在花圈下边。

人们被这新送来的悼词吸引着，一拥而上，争着看，争着抄。看到这种情景，小贺心里有说不出的痛快。他更加认定自己干的事业是正义的。他全身充满着共产党人敢于斗争的勇气和力量。

1 日晚上，小贺发现他们的悼词被人撕掉了。他知道，悼词刺痛了一些人的心。那就叫他们更加不舒服吧。第二天上午，小贺又亲笔把悼词工整地抄成大字，和战友们一起用纱布裱糊好，再用透明塑料布罩起来。当天下午，小贺和他的同伴孙正一等同志再次把悼词送到天安门广场，挂到汉白玉栏杆上，并把孙正一写的“青江摇桥闪鬼影”的诗传单贴在墙上。

3 日上午，工业局召开紧急会议，传达一个追查所谓谣言的通知。刚传达完，小贺蓦地站起来说：“《文汇报》把矛头指向周总理，算不算攻击中央首长，要不要进行追查？应该让上海市委第一书记站出来回答！我要求党委把我的意见向党中央、毛主席汇报。”

下午，贺延光在全厂大会上怒斥了清明是“鬼节”不准送花圈、不准去悼念的禁令。他说：“我去悼念一次，就受一次教育，受一次鼓舞。今年清明节悼念周总理有特殊的政治意义，现在有人反对，我们就应该战斗！打了败仗毕竟是个战士，不战而降岂不成了叛徒？脑袋掉了碗大的疤，我们为了保卫革命的胜利果实，与错误路线斗，又有什么可怕的呢？”他还叫人在厂门口的黑板上写了个通知：“今天团的活动改为悼念周总理。”

贺延光懂得，对付野心家阴谋家只有一个办法，就是把他们的阴谋彻底地公之于众。4 日早晨，他又写了一张小字报，和孙正一、陈瑞等同志一起去贴。小字报里提了几个问题：

一、为什么有人把毛主席的三项指示割裂开来，对立起来？矛头究竟对着谁？

二、把重新工作的老干部统统说成是“还乡团”“走资派”上台，这是对毛主席干部路线的否定，这不是在为林彪的反动干部路线翻案吗？

三、限制资产阶级法权，不要物质基础，是对列宁所说我们是“没有资产阶级的资产阶级国家”的否定。究竟哪些人在扩大资产阶级法权？

四、三个人的“共产主义”是全世界三十亿人民的幸福吗？

这几条，在刺向“四人帮”的刀丛剑林里，又增加了一把锐利的匕首。

这时的天安门广场，摆满了各式各样的花圈、花篮，挂在气球上的“学习总理”“革命到底”的两条红色长标，在空中舞动；布满松墙、松枝的花，宛如皑皑白雪，整个广场成了花山人海的世界。在这里，会集了工、农、商、学、兵广大群众。大家对挽联、诗词的锋芒所指，发生了强烈的共鸣。一小撮野心家、阴谋家，被剥去了伪装，成了过街老鼠，为千夫所指，万众唾骂。经过锻炼的中国人民，政治觉悟确实提高了，他们关心国家大事，显示了自己扭转乾坤的伟大力量。看到这些，贺延光心情无比激动。这是多么好的人民呵！广场上，国际歌声此伏彼起，在这群众斗争的怒涛里，他真正看到了人心向背，找到了千千万万个同志和战友，对斗争充满了必胜的信心。

让暴风雨来得更猛烈些吧！贺延光沉浸在战斗的欢乐里，他像海燕在怒吼的大海上翱翔。

“四人帮”及其在《人民日报》的心腹亲自炮制的那篇假报道，肆意歪曲千百万群众悼念周总理的活动。“四人帮”安插在北京市公安局的那个黑干将，对参加这一活动的革命群众进行残酷的镇压和追查。

公安机关在收集贺延光的材料，小贺意识到，下一步就是抓人。贺延光敢做敢当，大义凛然。他给最初起草悼词的同志写了一个条子：“誓词完全是我写的，别人是抓不住你的辫子的。作为一个忠实于马列主义的共产党员，刀架在脖子上也不会随机应变。”

一天，他安慰他那身患重病的妈妈：“就是他们给我戴上‘反革命’的帽子，也不要害怕。要想开些，上上下下这么多人反对他们，长不了。顶多两年，他们一倒下台，我就会出来。”就在说这话的当天——5 月 6 日，小贺被投进了监狱。

三

当晚，贺延光就受到了提审。

“你们用手铐解决我的思想问题，我想不通。”审讯一开始，贺延光就提出了抗议。可是，在被“四人帮”那个黑干将把持的公安局里，强权主宰一切，正义被亵渎，真理也暂时失去了它的位置。

“化纤厂的悼词是你写的吗？”

“是的。”

“老实交代你的罪行。”

“悼念敬爱的周总理有什么罪？”

“赫鲁晓夫、林彪式的人物，指的是谁？”

“谁是，指的就是谁。”

……

不久，贺延光于4月4日在纪念碑张贴的小字报被泄露了。公安局如获至宝，连夜提审，责问他为什么攻击江青。他严正地说：“江青说，十七年培养的人都是修正主义的，她这个30年代的资产阶级演员，为什么倒成了‘无产阶级革命家’了呢？”

“你为什么在党委会上攻击张春桥？”

“那么，对3月5日和25日的《文汇报》恶毒攻击周总理的事件，你们是怎么看的？张春桥是上海市委第一书记，他要不要负责？”

“你为什么要到天安门搞煽动？”

“不是煽动，是宣传，因为舆论工具被江、张、姚掌握，只有天安门广场才是群众说话的地方。”

上面有令，必须尽快查清贺延光等人的所谓“后台、组织和预谋”，贺延光被列入重点审查和打击对象，由大号牢房转入小号牢房。白天黑夜，审讯一次紧接一次。四个多月，审讯了四十九次，贺延光坚决不“认罪”。“四人帮”的那个黑干将黔驴技穷，恼羞成怒了。审讯中，一个审讯人员冲着贺延光吼叫：“我看你就是个地地道道、顽固不化、死心塌地的反革命，从骨子里就反动。”

小贺愤怒地反驳：“我父亲是抗日战争时参加八路军的，我外祖父是二七年大革命时被国民党反动派杀害的烈士。我从小热爱党，热爱毛主席。入党六年来，党为培养我，花费了很多心血。请问，我的骨子里究竟反动在哪里呢?”

狱中审讯的同时，上面派了十来个人的工作组来到化纤厂，深挖所谓“反革命”。小小四百人的厂子，竟有一百多人受到株连。继贺延光之后，共青团员孙正一、陈瑞二人又相继被捕，制造了一个所谓的“贺孙陈反党小集团”。年仅二十五岁的共产党员贺延光被定为“党内资产阶级”，共青团员孙正一、陈瑞则被定为“党外资产阶级”。八十多个去天安门广场悼念周总理的团员青年被强迫“交代揭发问题”；二十多个党员进了“学习班”，有的被列为重点追查对象。“四人帮”及其爪牙们，逞威于一时，动辄抓人，但他们抓不住人心。有人找一位女工谈话，说：“组织上正考虑你的入党问题，你应当站出来揭发贺延光。”得到的回答是：“贺延光的反党罪行我确实揭发不出，可以暂时不让我入党。”有人找到一位平时与小贺接触多的青年谈话，问：“贺延光对你有什么影响?”这位青年答道：“好影响有，坏影响没有。我认为贺延光不是反革命。”即使在高压下，人们仍在议论：贺延光为人正派，工作勤勤恳恳，对党赤胆忠心，怎么突然变成了“反革命”呢?

高墙电网，斗大的囚室，可以限制一个共产党员的人身自由，却无法禁锢他的思想，动摇他为真理而战的信念。贺延光在狱中写下了这样的诗句：“摘下一束星光来，读书正好添勇谋。”他深深懂得，对付假马克思主义的骗子，革命者手中最有效的武器是——一把锐利的马克思主义解剖刀。在昏暗的囚室里，每天从清晨到夜晚，凡属他自己支配的时间，除了吃饭和很少的睡眠，他全身心地沉浸于马列和毛主席的著作里，如同饥渴的人来到了甘美的清泉旁。寂寞时，他与书中的思想交谈；困难前，他从书中汲取斗争的勇气和力量。四个月里，他通读了毛选四卷和马列二十多篇经典著作，在信封、包书皮和手纸上，偷偷写下了七千多字的读书笔记和十五首革命诗词，无情地鞭笞了王、张、江、姚一伙，抒发了革命者的战斗豪情。

伟大领袖毛主席逝世的噩耗传来，贺延光失声痛哭，含泪请求开追悼会允许他戴上一朵小白花以寄托自己的哀思，却被说成是“别有用心”而遭拒绝。贺延光的心情铅一般沉重，对中国革命的前途和命运更加忧虑了。他彻夜难寐，透过铁窗，遥望苍穹，天幕上好像出现了毛主席、周总理的亲切身影。贺延光紧握拳头，默默地向毛主席、周总理宣誓：“我决不向那些野心家屈膝投降，我要继续用战斗来捍卫您们开创的革命事业。”他在诗中盼望自己的战友：

快擦干眼泪，
快抹去悲伤，
快快勇敢地冲上去——
揭露骗子，
消灭豺狼！
用我们的鲜血和生命，
同那帮害人虫进行一场
殊死的较量！

他满怀信心地期待着：烈风荡尘埃，九州晴万里，胜利的一天必将到来。

对贺延光来说，历史的进程仿佛是加快了。被捕前，他曾预计，最多两年，江青一伙一定垮台。可是，刚到 10 月，胜利的喜讯就传来了：华主席为首的党中央一举粉碎了“四人帮”。贺延光热泪滚滚，扒在铁窗口，朝着天安门城楼方向，高声欢呼：“胜利了，胜利了！”这声音伴随着其他因反“四人帮”而遭迫害的战友们的欢呼声，震动了整个监狱；这声音越过监狱的高墙，同亿万人民庆祝胜利的欢呼声汇成一片。1976 年 12 月 4 日，贺延光被释放出狱。出狱后，他发给父亲的电报是：“华主席给了我新生命。”

四

贺延光出狱时，公安局给做的结论是：虽然反“四人帮”，但对毛主席发生怀疑和动摇，犯有严重的政治错误。理由是，贺延光在周总理逝世时说过这样的话：

“周总理比毛主席年轻，如果没有人迫害，总理不会去世这么早。那样的话，主席百年之后，有总理在，事情好办。

“毛主席过去能够视察大江南北，现在年纪大了，身体又不好，他们打着毛主席的旗号进行阴谋活动，那还得了。”

放人之前，结论就到了工厂，给群众传达时是这么说的：“贺延光的错误说轻了是影射毛主席，说重了是攻击毛主席。对他要‘既不欢迎，也不歧视’。”还说：“抓对，放也对。”

小贺回到家的当天下午，就高兴地上班去了。同志们对他十分亲热，把留“尾巴”的事告诉了他，并对他说：“你的这些话有什么错？大伙都这么想。真是欲加之罪，何患无辞！”小贺清醒地意识到：打倒了“四人帮”，斗争并没有结束，要粉碎“四人帮”的精神枷锁，真正分清是非，还得做一番艰苦的斗争。

果然，很长一段时间里，上面不给贺延光等同志平反。有人还散布说：“反‘四人帮’，不是他们一个两个，不要以‘反修英雄’自居。”有一次小贺找到有关领导，强烈地提出平反的要求。得到的回答是：“你们要正确对待群众，正确对待自己，正确对待审查。”贺延光是从“四人帮”帽子底下、监狱铁门中走出来的，他没有被这顶新的帽子吓住，义正词严地说：“正确对待群众，正确对待自己，这我能做到。要我正确对待这样的审查是不可能的！什么审查，完全是迫害！”驳得那个人哑口无言。

贺延光深知他的问题不是孤立的。这不是个人的问题，而是路线斗争的是非问题。个人恩怨可以不说，在路线斗争的是非问题上不能让步。因此，他在会议上，在群众中，大声疾呼：要联系实际，肃清“四人帮”的流毒。

化纤厂的党员之心、群众之心是向着小贺的。去年 10 月，在崇文区召开的一次“三大讲”的会议上，该厂有位党员当场递上一个条子，代表化纤厂的党员、群众，强烈要求领导在“三大讲”时，把贺延光等同志的问题说清楚，给予平反。

去年 5 月，贺延光调到手表壳厂担任革委会副主任。在这个时候离开化纤厂，他打心里不愿意。但是，他服从了组织上的决定。贺延光坚信，有华主席、党中央的英明领导，揭批“四人帮”的运动一定会深入，党的政策一定会落实。他多次找上级党组织反映给他留“尾巴”和其他同志的落实政策问题，进行不屈不挠的斗争。

冤案迟早要昭雪，正义终究要伸张，在有关部门的关怀下，今年 8 月 4 日，北京市公安局、崇文区革委会联合召开了为贺延光、孙正一、陈瑞等同志彻底平反的大会。共青团北京市委做出决定，号召全市团员青年向贺延光等同志学习。小贺多次谦虚地说：“在反对‘四人帮’的群众怒涛里，我只是一滴水。对我来说，1976 年只是一次考验，我要一辈子接受党的考验。”

（发表于 1978 年 10 月 12 日《人民日报》《中国青年报》，与于国厚、谷嘉旺合作）

故 乡 行

经过一夜闷热的车厢生活，总算换上了开往我家乡去的长途汽车。我舒了一口气，站在车门边，把脑袋伸出窗外，看着田野里正在返青的小麦。我贪婪地呼吸着这春天清新的空气，心胸似乎开阔了许多。在这胶东半岛的丘陵上行车，平整的柏油马路尽管不像北京长安街那样宽阔，但也觉得差不了多少。

汽车朝着东方升起红日的方向驶去。快到夕阳西下的时候，我便踏上了家乡的故土。还有十余里路，只好靠“11 号”走了。我背起两个沉甸甸的大行李袋，迈开了双脚。

走了不到半小时，我已是汗流满面了。尽管是初春的天气，走在路上还有些手冷，但负荷行走，显而易见，背着行李袋如同背着个火炉，烤得我浑身直冒汗。这时，如果有辆自行车该有多好啊！我心中暗暗想道。反正没有多少路了，索性休息一会儿。我刚把行李袋放到地上，掏出手帕擦着满脸的汗水，一辆崭新的金鹿自行车上骑着一个俊俏的姑娘来到了我的身边。只见她下了车，大大方方地问我：“你是不是从北京来要去高庄的?”我有些诧异地问道：“你怎么知道我去高庄?”她咯咯地笑了，甩出一串铜铃："高庄谁不知道有个在北京工作的干部。"说着，像是命令似的，"上车吧，我带你走。"我看了看两个大行李袋，站着没动，心想：看我这块头，七十公斤，外加两个大袋，你能带得动？她似乎觉察到我对她的力气和技术有怀疑，便说："怕我带不动？不信试试看。"说着就支起车子，把我的一个大袋挂在车把上，一个让我抱着。她推着车子跑了两步，一缩腿，坐上了车座，两手稳稳地掌着把，然后回头对我说："请上车吧！"

我像个孩子一样，乖乖地顺从了。

自行车在田间大路上飞跑，风从耳边呼呼地吹过，我顿时觉得凉快多了。

我在车上问她："你是高庄的，我怎么不认识你？"

她没有回答我的问话，反而问我："你大概有十年没有回家了吧？"

我嗯嗯地答着，心想：她怎么知道得这么清楚？

"我是这村从青岛来的下乡知青，你离开这村时我还没来呢！"

这时，我才认真地看了这个姑娘的背影一眼。她，扎着两根像毛刷子一样的羊角辫，上身穿着的确良花罩衣，下身是咖啡色弹力尼裤子，足蹬一双方口灯芯绒塑料底鞋。我正在打量她，只见她回头望了我一眼，说："咋样，我骑车的本事还行吧？"我夸她的技术高，不住地说："很好，很好，很稳当。"她听了，只是抿着嘴摇了摇两根羊角辫。这时，我才看清她有着一双明亮的大眼睛，圆圆的脸上，鼻子和嘴的大小、位置都安排得很合适。"不是夸海口，带上二百来斤没问题！"她笑嘻嘻地说着，"前边要下坡，你坐好!”车子往右一拐，顺着一个高坡滑了下去。

远远地望见了我的村庄，我的心怦怦地跳了起来。

村口上聚了一堆人，男男女女，老老少少，吵吵嚷嚷，指指画画。我在村头下了车，哗啦围上了一圈人。一个个七八岁的孩子，都是些陌生的面孔。只有那些上了年纪的人，那些大爷大娘们和中年男女还熟悉。

我正不知喊哪位大娘好，只是点头打着招呼。只见人群中走出一位老人，须发皆白，不拄拐杖，腰板很直，走过来拍着我的肩膀：“妮子，一走十年了吧。看看咱们这个家，可真变了大样啦。”

我忙说：“大爷，你这身子骨还挺硬朗!”

“大爷我越活越年轻了！别看我七十多岁了，我还不服老。人说七十古来稀，现在可不稀了。我还要看看四化呢!”

我说：“大爷，再过二十年，那时又要有新的变化了，使劲活吧!”

“我是活不够啊!”引得人们哈哈大笑起来。

只顾说话，回头一看，骑自行车的姑娘不见了。大爷告诉我，那姑娘已经把我的东西给送回家了。我和大爷一面走，一面问他那姑娘的情况，后边还跟着一群孩子。大爷说：“那姑娘叫边疆，是青岛来的知青。前两年不知哪里刮来一阵风，知青都回城去了，只有小边不走。你还不知道吧？她和你那个退伍的堂弟成了亲，成了我的儿媳妇。”

我说：“要不她怎么会知道我要回家呢，原来是一家子啊!”我这时才恍然大悟。

村庄已经不是过去的村庄了，一条大路横在村中，两边是齐齐整整的一排排的砖瓦房。村中央盖了一座大礼堂，门口也有高高的台阶，还真威风呢！大爷告诉我说：“下雨刮风看电影看戏不用怕挨淋了。也不用跑几十里到县城去看戏了。队里一个星期放一场电影，连周围邻村都来看。”他指着这座新式建筑说，“这个礼堂可以坐一千二百个人，是去年刚盖的。前不久，省里的吕剧团还在这儿演了一星期呢！”

我们边说边往前走。大爷指着一个新盖的高门楼对我说：“这就是你妈的家门。”

我认不出自己的家。在我记忆中的家是土坯茅草房，拐在一条小胡同里，没有门楼，中有几根木棍做的门棚子。

母亲已经七十多岁，头发还是墨黑墨黑的，只是脸上布满了皱纹，记载着一生的劳累。她迈着两只小脚走出屋，见我归来，看得出满脸是笑，一个劲儿地说：“你看咱这家，变了啥样了！你早该回来看看。”

我说：“也很想早点回来看看，只是因为工作忙脱不开身。妈，这几年我不在，你好像比我上次回来时还显得结实。”

妈哈哈地笑起来说：“这二年的心豁亮多了。你嫂子也比过去好多了。去年来咱村演了个电影叫啥喜来着？对，《喜盈门》，你嫂子看了就向我赔不是，说电影里那个大儿媳妇强英可真坏，妈，过去我对你不好，向你赔不是，你就搬回去住吧。这不，又跟他们住到一起了。”

说起嫂子，又把我的记忆拉到了十年前。比这个时候还要早一点，恰好是春节期间，我回家探亲，母亲向我诉说嫂子对她怎么不好，经常指鸡骂狗的，弄得母亲的心情很不安，那时虽才六十多岁，已经显得老态龙钟了。没办法，吵了一架，把家分开了，母亲搬到了老辈传下来的旧房子里去，一个人自己起火。我把母亲接到城里住，但是老人说，这把骨头还是埋到家乡好。她在城里住了半年，觉得上下楼不方便，说什么“这个清福俺享不了”，只好又把她送回老家来了。

我还在深思，大门“吱”推开了，进来一个满头大汗红脸膛的妇女，边走边说：“听说他小姑回来了，也不先打个电报，好去接接。”我迎出屋门，嫂子的话还没完：“你还真会过日子，这个电报钱又省了。”

我说：“嫂子，好在路不远，我自己还能走，路上又碰到了边疆，她把我带来了。”

嫂子是个泼辣人，嘴快手快，干活很麻利。过去她那张嘴，简直像把刀，得理不饶人，就是无理也能搅三分。如今怎么样呢？妈妈说她变了，可是，我还要看看。

“他小姑，你这次回来可得好好看看，咱这个家也算是革命家庭呢！这二年政策变得合人心，人变村变面貌变，可不能用老眼光看了。你看咱村怎么样，像个社会主义新农村的样子吧？”

“像，像，新农村就该这样。”我极力夸赞着。至于新农村是个什么模式，我也说不清楚。不过，整整齐齐的砖瓦房，绿树掩映，也很令人高兴。

“你和妈说着话，我去做饭。”嫂子边洗手边说。

我在院子里兜了一圈。这块地方还很熟悉，但已经完全变了样子。新砌的猪圈里有三口大肥猪，估计每口都在二百斤以上。

自己种的菜地里，菠菜刚刚露叶，青蒜还盖着草帘子。桃花正在吐出芬芳，招惹得蜜蜂嗡嗡直叫。院中央，新砌了一个藕池，池中央又有小池，清粼粼，金鱼摇头摆尾。

妈妈说："去年种的藕，长得还挺棒，又看了荷花，又吃了藕，收入还不少呢！我也干不了多少活，只是喂喂猪。去年光这样大的猪卖了三口，过年自己杀了一口，你看这儿还有三口。过几天卖了它，再买回几个小猪娃，到秋后，又是一笔钱。"

我满意地笑着说："如今的日子有过头了，当个社员也不比我这二十三级干部差。"

妈说："现在也不用你寄钱花了，咱在银行还存着八百块呢！"

夕阳西下，余晖在院子里涂抹得一片金黄。转眼间，夜幕降临了，村子里仍是一片白昼。我在这里的时候，还是靠点煤油灯，如今电灯全亮了。记得小时在家里，我又爱看书，点灯熬油，挨了不少数落。

晚饭端上桌，哥哥才归来。他说下午到县里开会去了，会散得晚，临来到汽车站一看，已经关门了。我正和哥哥说着话，侄子背着书包从门外一阵风似的跑进来，一边跑一边嚷："饿死我了！奶奶，快给我饭吃！"

我把从北京带来的蛋糕塞给他，他用怀疑的眼光看着我。嫂子说："傻看什么，这就是你在北京的小姑，还不快叫姑姑。"

"姑姑，你就是那个编辑的姑姑？"孩子八九岁，天真活泼，一面吃着蛋糕，一面向我提了好多问题，"北京的大楼有多高？天安门城楼上有鸽子吗？广场有好大好大吧？"

我告诉他："北京的大楼好高好高呢！有咱这房子的几十个叠起来高。等你放了假，让爸爸带你上北京玩玩。"

孩子高兴地拍着手："我要上北京了，我要上北京了！"

哥哥瞅了孩子一眼："别皮了，让姑姑好好歇歇。"

孩子跳着："我要去看电视了。"说着跑出了大门。

我们边吃边谈。哥哥告诉我："这一年农村实行了经济责任制，又放宽了政策，家家都比过去富多了。过去兄弟吵架分家，还不是让穷逼的！如今可好了，社员活头多了，赶集上店，搞点家庭副业，手头也有零花钱了。去年大队买了一台二十四寸的彩色电视机，这下可热闹了，真是八辈子也没有见过的事。"

我说："这几年你这个队长也好当了吧？"

"是，也不是！穷时当队长，人人要吃要喝，上千口人，当家做主真不容易。今天富了，也难当了，人们都在琢磨着今年怎么着发财致富。当队长的就得给社员当好参谋，致富也得走正道，歪门邪道富了也不光彩。"

"现在农民日子总是好过了，中央政策也定了，两个不变，就是要让农民富起来。"我说。

"你说政策不会变吗？"哥哥问我，"咱吃政策变的苦头多了。那些年就像翻烧饼，一会儿这样，一会儿又那样。如今中央说不变，可是社员心里还有点拿不准。"

我说："如今的中央和过去可不同了，说话算数。不信，你看看这几年实行的政策，哪一样不是为咱农民着想！"

"你回去可得向中央反映反映，政策千万别变，再变，民心可要变了。刚富一点，就穷折腾，那可受不了啦。"

他点上一支烟，又扯开了话匣子："我们还要建设呢！敬老院、幼儿园、老干部退休楼，咱们都要盖。也让社员过过'楼上楼下，电灯电话'的生活。"哥哥越说越兴奋，我也沉浸在对未来憧憬的幸福之中。

晚上，我翻来覆去睡不着。不是因为到一个新的地方睡不着，而是家乡和我家的变化激动着我。在这个离祖国首都千里之外的小山村，一千多口人的村庄，如今才真正走上了社会主义大道。在城里的人了解当今农民在想些什么吗？我在思忖着。我这个在北京住了十几年的干部，了解今天农民的心吗？了解千千万万个农民家庭的变化吗？我想，中央是了解的，中央的领导同志是了解的。要不，农民怎么会齐夸这二三年变得这么好呢？

啊，故乡，你是中国九百六十万平方公里土地上的一个细胞。你正在走着艰难的道路，初步医治好了身体的创伤，展翅起飞了。你已经披上了新装，你已经在汗水中变得高大了。真的，高大了。

故乡，旧的故乡和新的故乡。这次见到的故乡，将永远留在我的记忆里。

1982 年 3 月

故乡情结

东营，是座矗立在黄河入海口的漂亮的新兴城市。它诞生在盐碱地上，每天迎着旭日东升，沐浴着和煦的东风，一天天茁壮成长，现在已经成为一个二十多岁的帅小伙了。

这就是我的家乡。我生于斯，长于斯，是这里的一方热土把我养育成人。当我还是二十多岁的小伙子时，我离开这里来到首都工作。一个高中毕业的回乡知识青年，一个农村的团支部书记，一下子就到团中央工作，这是我连做梦都不敢想的事。转眼四十年过去了。经历了风风雨雨，对故乡的思念和关注，无时不在我心头萦绕，引来无数的留恋和遐想……

随着时间的推移，我从做了二十多年青年工作的岗位上来到了政协战线，一晃又是二十年。到了全国政协机关以后，我也时刻关心着家乡政协的信息。每当看到报刊上介绍家乡的变化和政协工作的情况，都使我内心增添了无比的喜悦。过去同在青年工作战线上的徐荣华同志，一年前也调到东营市政协工作，并给我寄来《东营政协》杂志，让我提提意见。我认真地翻阅了这几期杂志，总的感觉还不错。我觉得这本杂志的诞生，无疑会对政协工作起到很好的指导作用，必将受到广大政协委员和人民群众的喜爱。从所设的栏目看，有领导访谈、委员风采、委员论坛、工作研究、经济视点、经验交流等，这都是为了围绕中心，服务大局，充分发挥委员履行政治协商、民主监督和参政议政职能而设立的，委员们可以在这里建言立论，提批评，提建议。除上述栏目外，还有一些知识性的文章，如介绍一些当地的历史名人、历史事件，给人以知识和传统文化教育。《辛亥革命前后的邓天一》（载于2003年第2期），这篇文章就让我长了见识。在我上中学时，经常从广饶县城东南方邓天一墓旁走过，那是一片森林，非常引人注目，只知道邓天一肯定是一个人物，但不知是一个什么样的人物。可惜在“文革”年代，这个邓天一墓就已不复存在。我想，这与我以及许多人对邓天一是一个什么人物不了解不无关系。如果是今天，大家一定会把邓天一墓保护得好好的。类似的人和事，我想大家还是愿意看的。杂志的编排、印刷都很精美，值得发扬。要办好一本杂志，我认为还要有自己的作者队伍，要用好“老、名、专”。这老人、名人和专家，在政协队伍里比比皆是。联系好作家队伍，办刊物就不愁没有稿源。编辑人员要经常走访委员和作者，请委员们出主意，提建议，加强编辑同读者的联系。

有首歌曲叫《谁不说俺家乡好》，我喜欢唱这首歌。前不久我回家乡时，看到东营的变化，曾填词一首，现将其抄出送给《东营政协》。同时，祝愿家乡的明天更美好。

腊雪初消，逢佳节，故乡充盈喜气。万丈高楼拔地起，钻机暮唱晨曲。树老弥坚，青春英姿，桃符伴夜语。蓬芦盐碱，化作黑龙如瀑。

弹指廿年逝去，风狂雨骤，相思曾几许。今日归来浑如梦，频惊天翻地覆。父老长谈，灯花敲尽，说改革奇迹。瞻望齐鲁，新图美景明日。

书旧作《念奴娇·故乡》，以奉东营市政协。

甲申年初春　道诚

2004 年 2 月 23 日于诚信斋

难忘的团校生活

1964 年 9 月，我奉命到山东省团校学习。一年之后，我的学习生活结束，同其他三位同学一起调到团中央工作。

在省团校期间的学习，是我一生中最难忘的美好日子，是我生命的转折点。在这里，我系统地学习了团的基础知识、党的基本知识，初步认识了唯物史观和辩证唯物主义，初步确立了无产阶级世界观。同时，我们还进行了广泛的社会实践，参加了“四清”和社会主义教育运动，经受了考验和锻炼。至今回忆起来，往事历历，如在昨日。

来省团校学习之前，我是一位农村回乡青年。1963 年高考落榜，便回乡务农，在村里当团支部书记。虽然也知道一些团的知识，但不系统，也很肤浅。1964 年冬天，我有幸从团校到齐河西杨村搞“四清”，工作组分配我做村里的青年工作。我便把在团校学到的知识运用到实践中去，组织全村青年在劳动的同时积极参加“四清”。我先把团支部健全起来，给他们讲团课，教他们唱歌，排演节目，表扬好人好事。我改编和排演的《三世仇》在当地演过多场，受到好评。所有这一切，都是由于在省团校学习了团的知识，有理论做指导，团基层组织的活动才生动活泼。

在团校学习期间，广交了朋友，认识了一些青年名人，学到了许多在中学学不到的东西。团校的学习方法不同于中学，这里是老师讲大课，各班、支部、小组进行学习讨论，结合各处的实际和经历学习。这种从理论到实践、又从实践到理论的学习方法，使我受益匪浅。像我们这些学员，都是任基层团组织的干部，都在实践工作中遇到过各种问题。通过老师的讲解、自学和经验交流，把理论和实际很好地结合了起来，这是种很好的学习方法。在学习期间，我还认识了张惠英同学、孔祥雨同学等一批知名人士。张惠英是山东出名的知青，报纸上经常介绍她的事迹，我同她也交谈过，对我启发很大。孔祥雨是位诗人，他创作的歌曲《众手浇开幸福花》传遍大江南北。我们都是好朋友，至今我们还经常联系，交流学习心得。在这里学习期间，1965 年，我光荣地加入了中国共产党，成为无产阶级先锋队的一员，这是我新的政治生命。我深深体会到，团校是所大熔炉，我们这些农村来的孩子，经过在这里学习后，大多数都在基层做团的工作，这是与团校的教育分不开的。

1965 年调团中央工作以来，先在《中国青年》杂志社任编辑、记者。“文革”开始后，《中国青年》停刊，以后我又在五七干校劳动了五年，又参与了《中国青年》的复刊筹备工作。在《中国青年》杂志社时，做过文艺部、总编室和团的工作部的负责人。1980 年调团中央机关工作，先在文体部，后到统战部。曾被选为团中央委员，第六届全国青联常委、副秘书长，全国政协委员。无论是做宣传工作，还是直接同青年人打交道，都离不开在省团校学习时打下的基础。就是从这里开始，我由一名农村知识青年，直接调到团中央工作，是我生命的转折点。这是我终生难忘的团校生活带给我的新生活。

在岁月的长河中转瞬已过四十年，我从二十出头的小青年到如今已经进入了花甲之年。我在团中央工作二十年后，于1985年调到全国政协机关工作，一晃又是二十年。在政协期间，我曾任过外事局局长、机关管理局局长、秘书局局长、机关党委副书记、全国政协副秘书长、机关党组成员，现任全国政协港澳台侨委员会副主任。曾被选为中共十四大代表，是全国政协六、八、九、十届委员，中国作家协会会员，中国书法家协会会员，中华诗词学会会员。出版过诗集《诚信斋吟草》，文集《苔花如米小》《张道诚书法集》，并入载《中国历代书法家人名大辞典》和《当代诗词艺术家档案辞典》等。

在我过去的生活中，经历过无数次的运动、教育和活动，不论在艰难困苦中，还是在工作顺利时，我始终牢记坚信党的领导，相信群众，始终牢记团校老师的教导，站稳无产阶级立场，积极工作，无私奉献，先天下之忧而忧，后天下之乐而乐。每当回忆起过去，检点人生之时，最难忘的还是我的团校生活，它给我勇气、力量和智慧，它鼓舞我永远追求，锐意进取，永不懈怠。

2005年7月25日

我的母亲

我的母亲是一个善良、勤劳、和蔼可亲的标准的农村妇女。1912 年古历九月十八日出生在山东广饶殷家庄的一个殷实的家庭里。外祖父一辈子务农，有五个孩子，只有我母亲一人是女孩。我的四个舅舅后来都在天津工作，如今三个舅舅已经故去，还有一个四舅已经八十多岁了，一直生活在天津。

母亲嫁给我父亲后，一直在家里操持着家务。那时我还有祖父母，父亲在天津给人家做纺麻绳的生意，操持家务和养育我们兄弟姐妹五人的担子全靠母亲来做。她年轻时身强力壮，家里坡里，挑水做饭，干农活，洗衣，凡是农村的活儿什么都干。白天干活，晚上带孩子，任劳任怨，从不发脾气。

我记得很清楚，我在小的时候，每当春节，邻村都会唱戏，我母亲总是抱着孩子、领着孩子去观看，饿了就吃自己带的干粮，一看一天，不知疲倦。我母亲从小未上过学，不识字，但她听过的好多戏词都能背下来，也能唱一些段子。我小时候，母亲在晚上纺线，还经常给我讲一些打抱不平的故事，至今记忆犹新。

母亲经常照顾和资助别人。家中本来孩子多，生活十分拮据，但在母亲的操持下，我们穿的衣服也还算整齐洁净，衣服都是自己做的，鞋子也是自己纳鞋底做布鞋，我穿母亲做的衣服和鞋子直穿到离开家里到北京工作。有时候邻居到家里借东西，母亲总是热情对待，宁愿自己少用，也要借给别人。家里来了客人，母亲总是把饭做好让男人和客人吃，自己站在旁边看着，随时添加东西。我的大娘二娘没有男孩子，便把我和哥哥过继给她们。当她们年纪大了，生病时，做饭、喂饭，一把屎一把尿地照顾她们，直到去世。在三年困难时期，我外公外婆病了好长时间，相继去世。我的大姑大姑父无子，也是母亲来回跑，照顾他们，让他们幸福地安度晚年。这时候的母亲累得很瘦。家里又没有什么好吃的，每天照顾病人，早起还要推磨磨面。那时候家里困难，牲畜都死光了，磨面都是人推磨，我也经常帮着母亲干。破屋偏遭连夜雨。这时的父亲又患重病，也需要母亲照顾。父亲久病不起，也在1964年去世了。母亲接连失去亲人，瘦了很多，担子更重了。我还在读高中，只有星期天才能回家帮点忙。在这种情况下，母亲总是把一切安排得井井有条，还经常教导我好好学习。我有记日记的习惯，每天晚上都要看书记日记写文章。那时没有电灯，只能靠定量供应的煤油灯照亮。为了保证我用油，母亲经常摸黑干活，省下油来给我用，又怕我累坏身子，经常半夜起来喊我早点睡。我在年轻时身体不好，经常生病。每当我病了时，母亲总是给我做好吃的，面条、鸡蛋、疙瘩汤，我吃着特别香，至今回想起来，总是一股暖流涌上心头。

父母亲对我抱着很大的期望，希望我长大后多办些事情。我兄妹五人，只有我读到高中毕业。哥哥年龄很小便参军去了。本来是去抗美援朝的，但参军后朝鲜战争停战了，便没有出国，但那时他只有十五周岁，母亲很担心，经常掉泪，以致眼睛都哭坏了。我在高中快毕业时，小妹和三弟也考上了中学，但因家中困难，未让小妹去读书，三弟也因在校吃不饱便辍学了。但是，他们很坚决地支持我读完了高中。母亲说我能吃苦，能挨饿，比别人的肠子细。我那时很想给家里帮忙，想早点工作，以便挣钱养家。初中毕业时，我计划考师范，三年后便可以工作。但父母亲在极端困难的条件下坚定地支持我考高中，以便考上大学。然而，我又很不争气，高考名落孙山。按照当时的学习情况，老师让我报考北大中文系和山大中文系。结果让老师和父母很失望。我只好回家当了回乡知青。但是，我一直没有灰心，下定决心，一定干出一番事业，报答父母培育之恩。

母亲已经九十五岁了，身体状况大不如前些年。1995 年，自己还能照顾自己。由于摔了一跤，致使股骨裂缝，躺在床上半年多下不了地。我回家去看望她，她认为自己可能起不来了，并且对我说，外婆就是这样死去的。我鼓励她，并告诉她今后经常回家看她。她总是说，你在外给公家干事，很忙，不要老是请假回家，耽误公事。人的生命力是很强的，没想到半年后她又奇迹般地能下地扶着墙壁走路了。我从 1964 年离开家后，一直未回家给母亲过生日。当母亲九十周岁时，我回家去看她，并说以后每年过生日我都回家。她很高兴，逢人便说，我要好好活着，享受现在的好日子。前几年母亲患了老年白内障，她动了手术，还配了一副眼镜，能看来人和电视。她很健谈，经常坐着轮椅到邻居家和大街上聊天，有时还聊得忘了回家。

现在的母亲已经躺在床上，自己照顾不了自己。医生说她脑组织软化。最近听说耳朵已经聋了，生活由兄嫂、弟妹照顾和陪同。春节前曾经病危过。春节时，村里的人都去给她拜年，心情又好，身体也好了些。但愿她老人家能度过危险期，长命百岁。

市里还为老人制定了一条政策，八十岁以后便一年发三百六十元，九十岁以后每年发九百多元。母亲很高兴地对我说，我要活过一百岁，田书记还给我发工资呢！她总是很乐观。经历了困难时期，看到今天的幸福生活，看到子孙满堂一家子四十多口人，她经常喜在心头，笑在脸上。

祝母亲福如东海长流水，寿比南山不老松！

2006 年 2 月 26 日

回忆启功先生二三事

我认识启功先生是上世纪80年代，到政协工作以后的事。启功先生的名气早就知道，但从未近距离接触过。我在80年代末曾分管过一段政协书画室的工作。当时，书画室聚集了一批在国内外名气很大的著名书画大家。那时，大家公推启功先生为书画室主任，黄胄先生为副主任。书画室的活动也很多，经常聚会，办书画展览和讲座。每次活动时，我都同书画室办公室的同志到启老家中去向他汇报，听取他的意见。我清楚地记得，我第一次到他家中时，他提前在家等候。我们刚一敲门，他便很快给开门，迎我们进屋，让我们先坐，他才坐下。我们要离开时，他起立送到楼下，看着我们离开后他才回屋。我的第一印象是启功先生是一位谦谦君子，温润如玉。他的年龄同我母亲同岁，比我年长近三十岁，他是如此的随和和谦恭，礼仪周全，一点也不含糊。我们每次向他汇报工作，他总是面带笑容，认真听，还不时点头，连说："好，好，好。"记得在90年代初，春节后去看望他。他拿出刚出版的《启功韵语》一书，在扉页上用毛笔题写上"道诚同志教正"，这使我实在不敢当。回家后，我认真读了这本诗集，曾写诗一首：

慈祥一老翁，展卷笑吟吟。
书法称大家，诗词妙趣生。
绘画兰竹梅，样样都精通。
精辟论诗词，嬉笑皆自成。
中年虽坎坷，书画仍从容。
自谓称“胡说”，落地珠矶声。
启翁春永驻，晚生随后行。

我的家乡是孙武故里，人们仰慕启功先生的墨宝，他们在召开了一次孙子兵法国际学术研讨会后，便想请启功先生给题写“孙武故里”。我写信给启老，并当面向他汇报。过了一段时间，他便托人把题词送来，还附信一封：“道诚同志：去年命写之件，因病耽搁，恐已误事。今年元月又患脑血栓，舌根右手俱不听使。近略好转，提笔锻炼，仍不成。翻检记录，补写缴卷，必已误事。敬请代向前途申明功之敬意，并求予以指正！专此，即颂春安！启功敬上。二十八日。”这封短札我保留至今，每逢翻检出读读，总是热泪盈眶。启老这位大家，是那么谦和，对我这样的后学，又是爱护有加。在他有病时还惦念着未完成的任务，略有好转，便提笔写成，真是感激不尽。

我十分钦佩和喜爱启先生的书法，我难以启齿求其墨宝，但我却经常地临摹其书法。过了一段时间，田凤立同志带给我一幅先生写给我的一首唐诗。我如获至宝，装裱后挂在我的书房里，抬头即见，蓬荜生辉。

我喜爱书法，也经常动笔书写，但总觉得十分丑，拿不出手。我每每观看先生写字，从执笔用墨，到章法布局，每个字的结构都给我耳目一新的感觉。如果说我的书法有一点进步的话，那都是先生指导和示范的结果。我永远不能忘记，当先生和刘炳森先生介绍我加入书法家协会时，他们在我的申请表上签署上意见和名字，这给了我极大的鼓舞。我每次写字，都感觉似乎先生在看着我写字，我必须像先生那样，认真做学问，认真做事，不敢懈怠和马虎。

记得黄胄先生健在时，每年正月十五日，首都的一批书法大家，携各自收藏的名人字画，到香山黄胄的书屋去共同交流和鉴赏。我有幸混在其中参加过几次。那真是个名人雅集的场所，每人将古代名人字画一一展开，众人分别观看鉴赏，然后说出作者情况，讲出字画的真伪。有时候，几人争执不下，公说公有理，婆说婆有理，真伪难分。这时候，总是请启先生来判断，大家十分佩服启先生的意见。他总是先讲此字或此画的年代、社会背景，还有作者其他有关字画以及作者在当时社会的地位和影响，然后从纸张的生产和字画的内容来分析，最后得出结论，使大家十分佩服。我当时只能听讲，如同往脑子浇灌无穷尽的知识，我大开眼界，也大长知识，从而增加了兴趣和学习的热情。如此雅集举办过多次，但在黄胄先生谢世之后，这样的活动便不再举办了。我记得当时的朱家溍、王世襄、史树青、刘炳森等诸位先生都参加过。现在回想起来，许多先生已经驾鹤西行，不知在另外的天国世界里，启功先生是否也会同样参加这样的雅集。

启功先生是一位国学大师，知识渊博，除书法、绘画、诗词歌赋样样精通外，对文物鉴定、古文字学等都有很深的造诣。记得过去在政协礼堂第三会议室里曾挂有刘海粟的一幅画。这幅画的落款写的是“刘海粟，百岁开一”。有人说是刘海粟先生百岁以后的画作，但按年代推算，画此作时应是九十多岁。那为什么写为“百岁开一”？我向启先生请教。先生告诉我说，人过了九十岁，就离百岁很近了，这里的“开”的意思，应是开始向百岁走去，已经走了一岁，应该是刘海粟先生九十一岁时的作品。我恍然大悟，觉得涨了不少知识。可见，启先生在文字学上同样堪称大家。

2003 年 12 月 20 日，北师大举办启功先生书法学国际研讨会。恰逢我在海南，我提前结束休息，赶回北京。12 月 20 日上午，我在北师大会场门口迎接启先生。他坐着轮椅过来，我迎上去，他伸出双手，笑呵呵地握着我的手久久不放。在开幕会上，他即席起立讲话。当时，他已九十一岁高龄，腿脚不方便，大家请他坐着讲。然而，他却始终未坐，一直站着讲了二十多分钟，中间不断被热烈的掌声打断。他是位书法大师，是书圣，就是在这次会上，他还讲到要继续进步，请大家不吝赐教。真是越是大家，越是谦虚，这与那些腹中空却硬要充胖子的这个家那个家相比，真是天壤之别！

启功先生驾鹤西行，中国少了一位国学大师，我失去了一位恩师，再也没有当面求教的机会了。我永不忘良师益友对我的教导和培养，永远不忘启老先生的诙谐幽默的音容笑貌。启先生永远活在我们心中，鼓舞着我们这些后生去奋斗，去拼搏，沿着启先生走过的路前进。

我写了几副挽联，以悼念启功先生：

悼良师，寿终德望在，万里名花凝血泪；
念益友，身去音容存，满溪流水助哀声。

多少人痛悼，诗圣书神，斯人难再得；
千百世最伤，国学大师，此生不重来。

一生坎坷，学为人师，不改青云之志；
两袖清风，行为世范，堪称国学大师。

2005 年 7 月 7 日

忆溥杰和嵯峨公元先生

最近翻检过去的信件，偶然发现我还保留一封溥杰先生写给我的信。许多往事历历在目，如在昨日。

那是1990年的事。我在1988年由全国政协外事局调到机关行政管理局工作。溥杰先生时任全国人大常委，家住在护国寺街52号。他的供给关系在政协机关，家中的有关事务，包括房子的维修都由政协管理局负责。由于这种工作关系，我与溥杰先生相识并有多次交往。溥杰先生的夫人是日本人，名叫嵯峨浩，已于1987年去世。在逝世三周年时，溥杰先生应邀要去日本参加夫人三周年祭，祭毕便回国。经领导批示同意，溥杰先生于4月26日离京赴日活动。他写这封信给我，主要是报告赴日活动情况以及为何延期返国的缘由。现将信的全文抄录于下：

张道诚领导同志：

我因参加我爱人三周年祭等赴日本，蒙领导上的无微不至的关怀照顾，已于6月26日回国。经过如下：

我于4月26日到达日本成田机场，由我爱人的弟弟嵯峨公元等接我到他住的横滨市港北区日吉的家中去住。然后于5月12日移到我女儿福永嫮生家住有十五日，又转回到嵯峨的家中住到6月26日。本来预定在6月16日起程回国，因为听说在机关领导的关照下，正在修理护国寺街的住房，所以临时延期到6月26日回到北京。……这次赴日，是为前往参加我爱人逝世三周年家祭的，于是便假借这一机会，对于我过去在日本所熟悉的各学校同学、老朋友、旧亲属、日本皇室的一些成员以及日本国会方面的老朋友等人，本着重温旧交的意味，以个人的口吻，动员他们能找适当的机会，到我国来访问、旅游，加深两国人民的真正互相了解，俾有助于永世睦邻的加快进程。仅将这一概况，提记领导上过目，并请代向机关各位同志致意。

溥　杰

1990年6月28日

溥杰先生的信是在回国两日后写的，当日便送给了我。从信中可以看出，溥杰先生对机关领导很信任，遇事请示汇报。信中还附了在日本的活动日程表，并在表上亲笔签名，以示负责。从表中可以看出他在夫人三周年家祭之外，拜会了许多日本朋友和社团，还拜会了中国驻日本大使杨振亚，做了大量的民间友好的工作。我在收到他的信后，便去登门拜见，慰问他旅途的劳累，并告诉他，趁他不在时，为他修缮一下房子，请他提出对住宅修缮后的意见以及有何困难等。老人很健谈，知识渊博，谈古论今，无所不晓。我还感谢他为中日两国人民的友好往来所做的工作。

在溥杰先生的牵线搭桥下，其妻弟嵯峨公元提出要在北京找一所幼师同他创办的一所学校建立友好往来。为此，政协经过联系，北京市幼师与日本横滨的一所小学建立了友好学校关系。每年暑假，两校互派学生访问，一直延续至今。嵯峨公元先生有百次以上访华，我会见过他多次，是我们的一位老朋友。我也参加过多次两校在北京的活动。而今，嵯峨公元先生已过世，他的夫人、儿子、女儿又接过他的接力棒，两所学校的友好交往进一步发展。去年嵯峨公元的夫人、儿子和女儿来，我接待了他们，我们谈起往事，回忆溥杰先生和嵯峨公元先生为中日友好架起的桥梁，仍然历历在目。看到他们开创的事业后继有人，溥杰先生和嵯峨公元先生也可以含笑九泉了。

溥杰先生是末代皇帝溥仪的弟弟，书法也自成一体，很有特点。在北京流传着“舒同的圈儿，溥杰的弯儿，南阳的尖儿，启功的杆儿”的说法，这些大家的书法都有自己的特点。我也喜欢溥杰的书法。在我们的交往中他送给我一幅书法作品，我装裱后挂在书房里。每当我抬头欣赏溥杰的书法时，便想起了这位和蔼可亲的老人，他永远活在我们心中。

2005 年 12 月 8 日

哭炳森

中国著名的书画家，都可以长寿到八九十岁以上，而炳森同志竟在六十八岁时搁下如椽大笔，匆匆到天国去了，让我们这些小弟们一点心理准备都没有。突然间一个大活人便没有了，实在受不了。你去世得太早太年轻，你还有许多事情要做，好多文章要写，好多匾额等着你去题。

我和炳森同志相识在上世纪的80年代初，他和我同时被选为全国青联常委，我们经常在一起开会。那时，我作为主持日常工作的全国青联副秘书长，经常找他为一些活动写字，并作为礼品送外国友人。每每找到他，他都很高兴和乐意去完成青联交给的任务。那时写字都是没有报酬的，完全是尽义务。炳森同志都很认真去写，字写得十分漂亮。

随着时间的推移，炳森同志被推荐做了全国政协委员，并被选为常委。我也由于年龄的增长，告别了工作二十年的团中央和青联，调到政协机关工作。我们的接触机会仍然很多。前些年，我们一同到河北去视察精神文明建设情况，他更是白天随大家跑，晚上还要应地方要求，为他们写字。炳森说，我是河北人，义不容辞。经常写到半夜，才能完成开列出的长长的名单。我都为他的辛劳心疼，他却说，别看写这么多，一个人只有一件，否则有人会有意见。他就是这样一个人，宁愿自己熬夜，也要满足别人的要求。2000 年我随全国政协常委视察团去江苏视察小城镇建设情况，一位地方领导仰慕炳森同志已久，很想得到他的墨宝，但又不好意思提出请炳森给他写字，便找到我。他知道我同炳森同志熟悉，拿来几把白扇子，请炳森同志题写“扬州行”。一天晚饭后，我到了炳森同志的房间，见他正在赶写一篇文章，便不好意思地提出了那位地方领导的愿望。炳森随即放下手中正写的文章，执笔在扇面上书写起来。写扇面不同于在一般宣纸上写字。只见他比比画画，左测右量，三个隶书字“扬州行”便书写完成。我拿去四把折扇，一口气便书写毕，盖上印，几件艺术精品便诞生了。这时已经是深夜了，我告别了炳森，他却在灯下再去完成未写完的文章，我看到他窗户里的灯光一直在亮着。

我的老家是山东省广饶县，这里过去曾经是孙武的故里。《孙子兵法》十三篇自古至今流传国内外，是兵家必读之书。当时县里召开了一次孙子国际学术研讨会，大家认定这里是孙武故里，便由上海复旦大学教授撰写了一篇碑文，由我请炳森同志书写。这是一篇一百多字的短文，要刻在碑上，流芳后世。我同炳森同志一讲，他很高兴地接受了这项任务。过了几天，他便拿来写好的六尺长的一篇颜体楷书。我见到后大加赞赏，完全可以作帖来读。这个碑如今矗立在我家乡的土地上，那隽永的大字体现着炳森的汗水和辛劳。人们怀念炳森，见字如见其人，他的慈善之心永远活在家乡人们的心中。

炳森同志有一副高大而强壮的身躯，看样子身体很好。他有满腔的热情提携后人，是他和启功先生介绍我加入中国书法家协会的。他用积累的经费抚养了三十多位孤儿，还经常捐善款和字画去扶贫和救灾。他有一副菩萨心肠，乐于助人。但是，也有人嫉妒他，在社会上散布些流言蜚语。一次他找到我，对我说起此事，心情很沉重，不知如何对待。我劝他，走自己的路，别管它。听蝲蝲蛄叫，还不种庄稼了吗！脚正不怕鞋歪，树正不怕影斜，你做了那么多好事，人们会感谢你的。

就是这么一个好人，怎么就去了呢！听说你病了，我心痛，打听不到你所住医院，一直未曾去看望你，成为我一生的憾事。你就这么走了，我心里在流泪。我失去了一位和蔼的老师，一个亲密的朋友。祝炳森同志一路走好！

哭炳森同志诗一首，以寄托哀思。

相识四十春，今朝驾鹤云。
先生诗书画，相衬人和品。
言谈为大众，写字为人民。
海内外声旺，修养造诣深。
拳拳一学子，辛苦一文人。
曾养众儿童，掏钱来扶贫。
楷隶满华夏，润格费劳神。
先生长眠去，八宝山告慰。
悼词挂满树，丝丝心痛隐。
送罢复归来，泪洒又倾盆。

2005 年 2 月 15 日

我的年轻朋友陈博洲

和陈博洲先生相识，是在十几年前的一次新老朋友的聚会上。这与我的工作性质有关。因为我当时任全国政协副秘书长，经常与国内外的朋友聚会，结交新朋友，不忘老朋友。陈博洲即是这次认识的新朋友。当时递给我的名片上写的是一位企业负责人。经交谈才知道他是广东人，在重庆从事建筑行业。当时这位年轻人给我留下了很好的印象，他热情谦和，厚道大方，不事张扬，话语虽然不是很多，但有问必答，彬彬有礼，处处表现出一位年轻人对长者尊重谦恭的良好修养。

认识博洲之初，他是以一位企业家、艺术活动策展人的身份出现在我的视野的。也正是在 2005 年陈博洲策划的“情系西部——中国当代著名画家画重庆”艺术活动中，我开始对他有了较为全面的了解。当时我应博洲之邀，同何鲁丽、蒋正华副委员长，万国权、马万祺、李蒙副主席等一起担任活动的艺术顾问，参与了这场重要艺术活动的全过程。

陈博洲生长于素有海滨邹鲁之称的广东汕头，潮汕地区自古以来就是文化昌盛之地，潮汕的文化是“海”的文化。潮汕人天生就面对大海，对远方充满向往。漂洋过海、不甘人后、拼搏吃苦、诚信正直、敢于闯荡天下，这些潮汕人典型的性格，在博洲身上都得到集中的体现。在重庆成为直辖市后不久，他就是抓住了这难得的历史机遇，离开广东，定居在这座魅力四射的山城，把重庆当成他的第二故乡。博洲虽然忙碌于自己的事业，但他不忘对中国画的钟爱与研究，挤出时间把书画艺术的才情、社会活动的才华发挥得淋漓尽致。在重庆直辖八周年之际，他与重庆市委宣传部共同策划了“情系西部——中国当代著名画家画重庆”大型艺术活动，并邀请中国艺术研究院中国美术创作院作为学术指导机构，引起了国际国内的广泛关注，让重庆这座年轻的直辖市生动地展现了不仅是优美的自然景观，更多地反映出三千万重庆人民在党中央国务院和市委市政府的领导下建设美好生活、昂扬向上的精神风貌，在中国美术界和重庆文化艺术界产生了深远而重大的影响。这次十分成功的艺展和社会活动工程庞大，内容浩繁，可喜的是年轻的博洲胸怀全局，举重若轻，全程策划周密严谨，亮点频出。从中，我见证了博洲作为大型艺术活动策展人的不同寻常的社会活动能力和组织管理能力。这一点我应该没有看错。尽管有着很大的年龄差距，但这位年轻人的见识和能力让我由衷地赞赏，我和他的友情日渐深厚起来。

到了2006年11月，我同马骏先生在广州举办书画联展，开幕式还邀请了当时在广州的全国政协副主席叶选平同志剪彩。在广州的我的一些老朋友也参加了开幕式和参观展览。博洲得知消息后，从企业繁忙的事务中抽身出来，不远千里专程从重庆赶到广州，来参加书画展的开幕活动。年轻的博洲如此重情重义，让我十分感动。在这次活动中，数次深夜的倾心交谈，把我们之间的距离更加拉近了，这时我才真正了解到，博洲竟然还是一位有着二十几年画龄的年轻的“老画家”。这也让我明白了，为什么这位做建筑行业的年轻企业家，能够在艺术活动策展中彰显出那么深厚的艺术见解、那么专业的艺术敏感。

出于求学受教、开阔视野的艺术需要，青年画家陈博洲从 90 年代初期就开始遍访国内艺术名家，策划艺术交流活动。这位好学上进的年轻人得到了中国文化艺术界许多名家泰斗如林默涵、贺敬之、钱钟书、蔡若虹、启功、华君武、沈鹏、王琦、刘炳森、李准、丁聪等的关注和指点，艺术境界日益高远，艺术修为日渐精进。他所钟情的艺术交流事业更是如鱼得水，渐成规模。博洲深受潮汕书画艺术熏陶，敏感地捕捉到汕头市经济社会发展和文化艺术相结合的勃勃商机，先后邀请了广西书画家石墨、著名山水画家张复兴以及我国当代一大批书画名家如刘炳森、刘艺、龙瑞、卢禹舜、王镛、纪连彬、张复兴、赵卫、陈平、于文江等莅临汕头，为书画艺术的繁荣和发展做出了贡献。

年轻的陈博洲在数十次的艺术交流活动中得以历练和成长，他不再满足于艺术名家个人的策展交流活动，而是开始了对主题性综合艺术交流活动的尝试。

在澳门回归前夕，他组织全国一批知名画家举办“迎澳门回归——中国当代著名画家画澳门”，活动搞得很大，参加的画家有何家英、姜宝林、纪连彬、张复兴、满维起、贾浩义、方骏、常进、马小娟等画坛中坚人物。这次活动得到了全国人大吴阶平副委员长，全国政协卢嘉锡、万国权、霍英东、马万祺副主席的支持，亲自担任顾问。当时的澳门特首候选人何厚铧欣然题书："中国心，澳门情。"画家们走进澳门的大街小巷，参观写生，记录着澳门的历史沧桑，形成了一批优秀作品，抒发了艺术家们的爱国情怀。此次，博洲策划的活动展示了他的组织才能，同时也为艺术家们发扬爱国主义精神搭建了良好的平台，这次活动意义深远，影响很大。

博洲对我说，他在广东时，还为刘炳森先生策划过展览，受到炳森先生的赞扬。我也告诉他，刘炳森先生是我的老朋友，相识于上世纪 80 年代。那时我在团中央统战部工作，是全国青联的副秘书长，刘炳森先生是全国青联常委，我们经常在一起参加活动。后来推荐他任全国政协委员，不久我也到政协工作，接触仍然很多。青联人称小政协，随着年龄增长，一大批青联委员到全国政协任委员，我的一大批朋友也由青联转到了全国政协……在广州的几番促膝交谈，我和博洲交流越来越深入，话越说越近，共同语言也越来越多。我喜爱写字，他喜欢画画，共同的爱好把我们吸引到了一起。

在我眼里，博洲是一个斯文儒雅的画家，很难想象出，他还领导着一个具有国家一级施工资质的建筑施工企业，每年能解决上千个农民工人的就业。面对诸多繁杂的工作事务，他都能够管理得十分规范，公司的社会信誉非常好。这正是陈博洲不同凡响的又一面——干事业、做企业家的风采。如今，他一手创办的荣洲实业在建筑业界已颇有名气，成为城市百年建筑的品牌。相继荣获了市建筑业先进企业、中国施工行业 AAA 级信用企业、全国优秀施工企业等一系列荣誉。

博洲的山水画作品，我最开始是在香港《大公报》上刊登他的专版中认识的。我曾对他说，你搞建筑业工作，但不要忘了你是画家，还应经常抽时间创作。你还年轻，有这么好的基础，应当不断地有新作品问世。希望你拿出作品，参加北京世纪名人国际书画院的精品展。不久，博洲就如约寄来了他的作品，参加了每年一次的精品展。他画的山水画，气势磅礴，远山近水，苍松翠柏，线条之精美，意境之深邃，布局之典雅，使人细观良久，仍不忍离去。他因业务繁忙，创作量虽然不多，但每幅都是深思熟虑后的作品，少而精是一大特色。我们俩还约好，争取在北京搞一次联展，向朋友和社会汇报，征求大家的批评和指教。

博洲和我一样，各自在繁忙中度日。我已七十有四，自知来日不多，总是不用扬鞭自奋蹄。他同样在岗位上为社会创造着价值，一天忙碌完之后，才去案头细细描绘纸上山河。我们有时通通电话，有时发个信息，节假日微信上也时常发个祝词。总之，我们不断沟通着，联系着，鼓励着，前进着。

已过不惑之年的陈博洲，人生阅历越来越丰富。他孜孜以求、满怀激情地徜徉在绘画艺术的王国里，同时又兢兢业业为社会创造着价值。博洲告诉我，尽管做企业管理很辛苦，压力也很大，但又有动力和成就感。白天再苦再累，晚上回到家，或有余暇，他最乐意的事就是挥毫作画，抒发胸臆。最近，我又看到了博洲的部分画作，见他功力大增，技艺更臻纯熟。在繁忙的事务之余，他总要抽出时间研究临习中国传统山水画的经典名作，画艺又得精进，可喜可贺。他近期的画作，让我感悟到他把人生、事业的理想都倾情于重庆的山和水，既有巴渝品貌，又得岭南神韵，这也许就是他绘画作品的个人风格吧。

尤为可贵的是，博洲还胸怀感恩之意、慈善之心。作为一位企业家，他带领着员工辛勤工作，让企业一天天发展壮大，承担着越来越大的社会责任；同时他热心于公益和慈善事业，把温暖和援助送给最需要的人，多次开展关注贫困生与留守儿童的送温暖活动，鼓励他们好好读书。博洲的善行义举，受到社会的赞扬和褒奖。

现在的陈博洲，已是中国山水画坛的实力派画家，同时还是很有号召力、影响力的艺术活动家，不断上进的企业家。但他还是初见之时刻画在我心底的陈博洲——忠诚、稳重、睿智、大气、正气、有涵养、有知识、有文化，总给人一种信赖感、亲近感。让我体会尤深的是他做人的成功、处事的得体及他的人格魅力。我们之间并无距离，交流顺畅，沟通自然。他还是一如既往地谦虚、上进，还是如以往那样地帮助朋友，还是像以往那样地热爱、钟情于书画艺术。

如今，博洲作为我们世纪名人国际书画院的副秘书长，鼎力支持着书画院的建设和发展。有这样年轻的朋友支持着，我也觉得我还年轻，不知老之将至也！

2015 年 2 月 27 日

我和我的海外朋友

我这个人喜欢交朋友，不论是海内外都有。凡是熟悉我的朋友，我大体都能记住他们的名字以及他们的经历、特长和特征。近年来我又在做港澳台侨方面的工作，链接上了二十多年前的业务，联系了过去的一些老故交，也结识了很多新朋友。现在他们同我经常有书信往来或电话问候，逢年过节，寄上贺年卡；新作问世，我也会奉上请他们指教。对于海外朋友的一些要求，比如到政协机关我的办公室来坐坐，聊聊他们的所思所想，或喜欢我的书法要走一两幅字，我都高高兴兴地满足他们的心愿。“以文会友”，使我结交了不少朋友，从中获益匪浅。

我曾随郭东坡同志到欧洲考察和看望慰问侨胞。郭东坡同志曾任国务院侨办主任，在海外华侨华人中有极高的威望和影响。我们在欣赏海外风情和旖旎风光的同时，华侨华人的热情和手足情谊给我留下了难以磨灭的印象。当他们见到从祖国来的亲人时，表现出的那种发自肺腑的热情劲儿，使我很难用语言来形容。我们在一起谈天说地，有说不完的心里话，经常不觉就到了深夜。为他们的情绪所感染，我们疲惫顿消。我同他们过去虽不认识，但一见如故，总觉得时间过得太快。我们了解到他们创业的甘苦，也懂得了他们对祖国的拳拳赤子之心。我们沉浸在欢乐之中，我们的友谊如同一杯浓茶，味更香；像秋天的红叶，色更艳。

在郁金香之国荷兰，老华侨胡志光一直陪同我们参观。他还特别联系引领我们去参观了世界最大的阿斯来尔花卉拍卖行，让我大开眼界。过去只在画报上和小说里知道的著名的荷兰风车，此行亲眼目睹，还有荷兰传统特制的木鞋，足以装进个人，气势恢宏的拦海大坝，果然名不虚传，都已深深印在我的脑海里。

胡志光先生到荷兰已有三十多年了，数十年来，他全心致力于侨社和中荷两国的友好交流工作，深得荷兰乃至欧洲广大侨胞的拥戴。为了帮助这些老侨领做好侨社新老交替的工作，2004年，港澳台侨委员会邀请了以胡志光先生为总顾问的荷兰部分侨团负责人回国，在北京、山东、湖南和浙江进行商务考察和访问，我全程陪同他们，同这些侨胞朋友朝夕相处，深得教益。

在西班牙，王绍基先生热情地邀请我们到他家中——王子山庄做客。王子山庄坐落在马德里郊区，通过这所豪华别墅，读出了主人王绍基先生只身勇闯欧洲二十年来取得的辉煌成就。据王先生本人讲，初到欧洲，从街头拉琴、餐馆洗盘子到现在成为三E公司老总，实实在在地经历了一路辛酸坎坷才走到今天。王先生带我们参观他的住宅，品尝当地名吃，欣赏古董和人物字画收藏，进行乒乓球比赛，一起畅叙谈天。王先生还请郭东坡同志为他创办的《欧华报》题了词，我也即兴写了一幅字送给他，作为我们友谊的见证。之后，我们经常往来，他给我寄来《欧华报》，送我他创作的《欧洲华侨华人社团联合会会歌》和中央电视台采访他的 VCD 光盘。王先生是位多才多艺的人，早年曾学过声乐，现在也不忘老本行。当了老总后，他十分关心祖国经济建设和社会发展中的问题，经常提出一些好的建议和意见。他撰写的《关于确定我国农业合作社的发展方向完善农业立法的建议》，得到中央有关领导的重视。政协近年来都邀请海外侨胞列席政协全国会议，我利用这个机会经常去听取他们的意见，同他们座谈，探讨问题，沟通信息，交流看法，更加深了我们的友谊和了解。

这几年以来，我又结交了一批年轻的朋友。我总觉得，深交一个朋友，路会愈走愈宽；成为别人的朋友，自己的才能也会进一步发挥。交朋友要坦诚，中国的老传统是结交新朋友，不忘老朋友。我的这些朋友，他们身在海外，心系祖国，总想为自己的祖（籍）国多干点事，希望中国尽快繁荣昌盛。其实，这是我们大家和海外侨胞朋友们的共同心愿。

过去论述朋友的文章很多，也很精辟。我这里只是拉拉杂杂记录了自己近期的点滴感受。前些日子在报刊上见到几句话，颇受启发，今记录在此，作为本文的结束：流水不因石而阻，友情不因远而疏。财富不是一生的朋友，朋友却是一生的财富。

2005 年 2 月 23 日

新春寄语

骏马飞驰去，福羊迎春来。

过去的甲午年是极不平凡的一年。我们都亲历了许多重大事件，这些将会牢牢地镌刻在我们的脑海里。习近平同志主持召开的文艺座谈会，赋予当代文艺工作者重要责任和使命。我们赶上了好时代，有劲你就尽快地使，放开歌喉大声唱。乙未年的到来，又为我们展现出更加美好的前景。实现伟大复兴的中国梦，更需要我们每个人贡献出自己的聪明才智，去促进中国文化的繁荣兴盛。

又是一年春草绿，水肥土美大花园。我们将用翰墨丹青共同去传承优秀的传统文化，努力去创作更多的优秀作品，歌颂新时代，描绘新生活，给社会增添正能量。把我们共同的花园装扮得更加美丽漂亮，更加绚丽多彩。

一年之计在于春，一生之计在于勤。春天是生机勃勃具有极强生命力的。春天是播种的季节，春天是放飞理想、展翅飞翔的好时机。让我们张开双臂，用激情去拥抱美好的春天，创造更大的奇迹！

时间不等人，光阴转瞬逝。许多新生事物在诞生，许多新的东西在创新，我们要跟上时代的步伐，永不落伍，只有努力，努力，再努力！学习，学习，再学习！

知足、舍得与健康

每个人都希望自己有一个健康的身体。健康不仅包括强壮的体魄，还应该有一个健康的心理。一个健康良好的心态比单纯的养生更有助于延寿。作为一个老年同志，想要有一个良好的心态，一方面要学会知足，知足常乐；一方面要学会舍得，有舍才有得。

所谓知足，即指一个人对事业和生活的满意程度，包括具体的个人爱好或兴趣是否全部得到满足，在某些条件下是否会产生幸福感或失意感。人生百年，不如意者居多。所谓人比人气死人，谈到名誉、地位等，人与人之间实在没有很多的可比性。许多老年朋友，退下领导岗位后，老有所为，喜欢上书法绘画，这应该说是好事。想当年，身居领导岗位，没有那么多时间去写字绘画，现在时间充裕了，可以尽情地挥洒。但是，我们心中必须有一个目标，努力去追求最好。但半路出家，不能同那些专业的人士相比。有的人一种字体还没有练好，又去写其他诸体。我不是说不可以，而是以为总要先有一种字写好后，才可以去练其他字体，或者单纯只练一体，努力达到炉火纯青也未尝不可。我觉得在这里，除了自己觉得没有满足感之外，还应该有一种舍得的态度。老年同志总是年龄不饶人，不要总是自己对自己过不去。舍得，舍得，有舍才有得。对于老年同志而言，这种舍得的态度尤其重要。

知足是相对的满足，不是停步不前。舍得是优中择优，也不是全部放弃。在人生的目标上，理应雄心揽月，志存高远。但是，我们必须保持平和的态度，才有利于身心健康。唯有知足和舍得的心态，才能更好地面对自己，面对人生旅途上的挫折和崎岖，从容地看庭前花开花落，望天上云卷云舒。

春秋四度谱新篇

金牛辞岁，瑞虎迎春。值此新春佳节到来之际，我谨代表北京世纪名人国际书画院、《名人名家书画报》编辑部，向长期关心与支持书画院和报社建设及发展的各位书画界同人、社会各界朋友，表示衷心的感谢，并致以良好的祝愿。恭祝大家新春愉快，万事顺遂！

1 月 5 日，我们在全国政协礼堂成功举办了四周年院庆暨名人名家新年联谊笔会，迎接庚寅虎年的到来，多位书画家为此次活动惠赐了墨宝。为答谢大家对本院的关爱和支持，我们选出此次笔会的部分作品，另特邀部分名人名家作品，编辑出版了本期虎年新春特刊，主题为“名人名家贺新春”。

四年来，我们积极推动“名人名家书画”品牌战略，成功举办了四届中国名人名家书画精品展，创办了院刊《名人名家书画报》，努力打造自主品牌。四年只是历史的一瞬间，我们如同四岁的孩子，刚刚立足，难免磕磕碰碰，需要更多的理解和支持。我们深深知道离真正意义上的“名人书画院”还有一定的差距。从另一种角度上说，正是看到了差距和不足，才有了我们下一步努力的方向和前进的动力。

今年是名人书画院建院的第五个年头，我们将举全院之力努力办好第五届中国名人名家书画精品展，并力争将《名人名家书画报》办出特色。坚持双轮驱动，着力搭建书画名家与社会名人交流互动的平台，探索研究书画创作新思路，在实践中成长，大胆探索创新，通过举办丰富多样的书画展览、笔会，促进书画交流与合作，丰富人民生活，为构建社会主义和谐文化做出积极贡献。

正是有了各位领导、前辈和书画界同人一如既往的关爱、帮助与支持，我们对今后的发展充满信心！

学会感恩

新中国诞生六十周年，举国欢庆。八月十五中秋节，合家团聚。今昔对比，天壤之别。国家是这样，一个地方、一个单位也是这样。就个人而言，更是对比鲜明，今非昔比，鸟枪换炮。我们国家有今天的繁荣富强，有这样强大的国际威望，人民有这样美好的生活，不能忘记毛主席的英明领导，不能忘记中国共产党拯救人民群众于水火之中，更不能忘记有无数的革命先烈为了新中国而抛头颅洒热血……所以，我们要学会感恩，感谢共产党，感谢新中国。吃水不忘挖井人，幸福不忘共产党。要知恩图报，忘记就意味着背叛。

感谢祖国，给了我们新生。大河有水小河满，大河无水小河干。祖国强大了，家庭才有保证；祖国强大了，海外的侨胞的腰板才能挺得更直；祖国强大了，人民才不被外国欺辱。弱国无外交，历史上的不少屈辱条约我们永远不能忘记。我们每一个人都为是中国人而骄傲。我们应更加热爱我们的祖国，为祖国强大而尽心尽力，贡献聪明才智，更加热爱伟大的中华，歌唱祖国，歌颂新生活。

感谢父母给了我们生命，感谢朋友给了我们友谊，感谢老师给了我们知识，感谢所有的人给了我们爱，给了我们无私的帮助。感谢失败给了我们成功，感谢太阳给了我们力量，感谢月亮在黑夜里给了我们明亮的方向……总之，感谢一切支持和温暖过我们心灵的人。

乘着改革开放与社会和谐的东风，北京世纪名人国际书画院和《名人名家书画报》应运而生，秉承“依托名人，培育新人；服务社会，创立品牌”的办院方针尤为重要。艺术奉献人民，书画家积极回报社会，是实现社会主义文化大发展大繁荣的必然要求。愿更多的书画家参与到公益事业中来，为和谐社会建设贡献力量。

学会感恩，就是学会做人，学会成长。不要那种这也不满意、那也不满意的心态，不要那种不孝敬老人、不关心儿童的个人唯我主义者。要学会感恩，要学会关心别人，学会帮助别人，学会做一个大写的人。

《向往阳光》序

于国厚同志来电话，说他要把过去写的一些文章结集出版，其中也包括二十二年前我们合作写的一篇文章。我祝贺他的书早日问世。他还说想让我为本书写篇序言：“我们是老朋友嘛！不能推辞。”

我们的确是老朋友，是文友，又是老乡。我高兴地答应了他。

不几天，他送来了文稿的清样。我匆匆翻阅了《向往阳光》一书的某些篇章。握着笔，思绪一下子回到我们共同采访的难忘日子。

那是1978年的夏天，中国经历了十年浩劫之后，百废待兴，许多冤假错案正在陆续平反。但是，参与悼念周总理、反对“四人帮”活动的许多人还不同程度地受着不公正的待遇，彻底为“天安门事件”平反尚有难度。当时，我在《中国青年》杂志社当记者、编辑，正在为停刊十二年的《中国青年》复刊做准备。尽管那时思想上有“两个凡是”的禁锢，但是思想解放的呼声一直很高。在首都新闻界，正思考着通过歌颂“天安门事件”英雄人物的舆论，促进这一事件的平反。于是，我们共同酝酿要采访“天安门事件”的英雄人物贺延光。于国厚、谷嘉旺和我冒着酷暑，连续采访了几天，掌握了大量材料，共同讨论提纲，然后分工写出初稿，由当时在《人民日报》国内政治部的国厚同志统稿。虽然文章写好后又拖了几个月，直到10月才见报，但我们写的《暴风雨中的海燕》一文，比北京市为“天安门事件”做出平反决定还早一个多月。在思想解放的大浪潮中，在为“天安门事件”平反过程中，这是《人民日报》发表的第一篇歌颂“天安门事件”中英雄人物的通讯。国厚同志在这篇文章中倾注了大量心血，反映出了他的正直、忠厚和聪明才智，也反映出了他朴实的文风和驾驭文字的深厚功力。

国厚同志是老报人，从事多年的新闻工作。不管在《人民日报》，还是到《中国社会报》做领导工作，乃至担任中国老龄协会副会长之后，一直保持新闻敏感，勤于撰稿，写过大量消息、通讯、杂文、报告文学、社论、评论员文章等不同体裁的文章。特别是在做了行政领导工作之后，仍然笔耕不辍，十分勤奋。国厚同志对待事物，用新闻记者的敏锐眼光去观察，用理论的深度去思考，用犀利又流光溢彩的笔去描绘。他写的文章纵横捭阖，文笔流畅，总是同时代的脉搏息息相连。他为时代高歌，为老年呐喊，为青年呼吁，为冤假错案伸张正义，为新生事物唱赞美诗，为先进人物树碑立传，表现出极高的热情和责任感，包括为他人作嫁衣裳，也同样不辞辛苦，任劳任怨。在他笔下，时代是那么轰轰烈烈，英雄又是那么激情昂扬，山河更加壮丽，祖国更加美好。他是时代的歌手，演奏出动人心弦的音符。

国厚同志与我是同一时代的人，时代给我们的烙印大致相同。尽管我们相继步入老年，一个伟大的夕阳事业同样会把我们的友情推向新的高度。同样，作为朋友，也祝愿国厚同志有更多更好的作品问世。

拉拉杂杂写了这些，回忆与品藻都有，友谊与期望并重，是为序。

2000 年 8 月于北京诚信斋

（摘自于国厚著《向往阳光》一书，发表于 2000 年 11 月 9 日《人民政协报》）

一部研究用人的好书

——《尹秀民文集》序言

尹秀民同志的《尹秀民文集》即将付梓问世，我极为高兴地向广大读者推荐这部著作，以便使这部著作能够发挥它所应发挥的光和热。

尹秀民同志生于广饶，长于广饶。他的父母都是忠厚、老实、勤恳、善良的农民。其父早年去世，是母亲把他拉扯成人。母亲淳朴厚重的熏陶，使他从幼年便受到良好的家庭教育。尹秀民同志高中毕业时，正值“文革”动乱，升学无望，便投笔从戎。解放军大学校这所熔炉锻造培养了他的赤子忠心和坚强毅力，地方工作的锤炼使他更加持重成熟。1985 年，他考入了山东教育学院政教系两年制本科班，使他的知识进一步得到了拓宽拓深。后期又师承童庆烟、李衍柱、安作璋先生。加上他勤奋学习，刻苦钻研，基础训练是比较踏实的。他今天之所以能够取得这样的成绩，同这个基本功是分不开的。与此同时，尹秀民从部队转业到地方后，长期从事基层组织人事工作和党务工作，这又增益了他的多种才能，包括组织才能和行政能力在内。然而，世界上的事情是复杂的。一个人的一生没有什么平坦大道可走，总是坎坎坷坷，充满着困难和波折，只有那些不怕困难、勇往直前的人才是胜利者。尹秀民同志就是这样。他老老实实做人，勤勤恳恳工作，刻苦努力学习，把困难当作锻炼，把波折当作动力，坚定不移地沿着自己所选择的道路走下去，全身心地投入到了人才学理论的研究之中。

1987 年，尹秀民同志出任广饶县委组织部办公室主任。在这期间，他利用工作之余写出了十三万字的《中国古代人事行政概要》一书。他的这部处女作，使他在学生时代就曾经怀有的抱负和意愿终于变成现实，他从此走进了人才学理论研究的艺术殿堂之门。这部书得到了时任山东省委常委、组织部长的张全景同志的赞扬和支持，并为该书作序。成功的喜悦，并未使尹秀民同志陶醉，他继续向研究的深度和广度进军，在茫无涯际的学海中去探索人才学理论研究和人才使用管理中的规律。1990 年，尹秀民同志调任县经委企业党委副书记，做企业系统中的党务工作。他在出色完成任务的同时，又写出了二十四万字的《人才工作指南》一书，由山东人民出版社出版。当时已任中组部副部长的张全景同志为其欣然担任顾问并题词。中顾委委员、中组部原副部长、全国组织史编纂领导小组组长李锐同志也为本书题词。此书对在当前新的时期和新的形势下如何做好人才管理和使用工作提供了理论依据和借鉴，得到了学术界和专家学者的高度评价，获得了东营市社会科学优秀成果专著一等奖、山东省第九次社会科学优秀成果专著三等奖。

1992 年，尹秀民同志调县委党史办工作；1993 年底，又调任县政协办公室主任；1998 年夏，组织又调他任东营市历史博物馆馆长。虽工作几经变换，但他干一行爱一行，干一行就干好一行。他在自己的工作岗位上，倍加勤恳，事无巨细，必自躬亲。对于知识他如饥似渴，深钻细研，博览群籍，不断充实丰富自己。在这期间，他又完成了三十三万余字的《用人史鉴》、十八万字的《盛世明君用人之道》和十八万字的《文海撷英》等三部专著，分别由石油大学出版社、国防大学出版社、中国文联出版社出版。山东省政协原主席陆懋曾，秦汉史研究专家、山东师范大学博士生导师、山东师范大学教授安作璋先生分别为其题词，中共东营市委原书记国家森同志为其作序。这几部专著，尤其是《用人史鉴》和《盛世明君用人之道》，运用历史唯物主义和辩证唯物主义的方法论，从历史的经验和教训入手，探索、研究、分析了中国古代的用人行政的经验、教训和规律，为当今从政者提供了借鉴，是从政者们不可多得的参考书。

从人才学理论研究专业工作角度看，尹秀民同志的研究成果并不算多，但是从他的具体情况看，这个处在最基层的业余研究者，除去缺乏资料等种种困难外，完全是高度剥夺自己正常休息和拼命消耗自己的体质来完成的。可以说，这是常人难以做到的。所以，不仅应当得到人们的尊敬，而且更值得后来者认真学习这种坚毅不拔的精神和高尚的情操。

当然，文章不仅要有相当的数量，更重要的是具备很高的质量。从这方面说，尹秀民同志的这本《文集》应当属于较高层次、较高水平、较高质量的作品。而这类的作品在今天学术界来看，数量仍然不算太多。所以我认为，这本《文集》有以下几个特点应当值得注意：

第一，视野广阔，知识涵盖面宽。常言说得好，博学高识。但是从实际情况看，博学者未必就能高识，而博学确是高识的根本和基础。也就是说，要想具备高深的学问和知识，首先要做到博学多采，否则是不可能的。博学就是在视野广阔、知识涵盖面较宽之上实现的。实践告诉我们，要想研究现代人才学理论，那么就必须熟悉和了解中国历史上历朝历代人才使用和管理不断改进和发展的过程和特点，运用马克思主义的认识论和方法论，从中找出规律性的东西，达到“通古今之变”。只有如此，才能真正推动和拓深现代人才学理论的研究和发展。尹秀民同志就是遵循了这条研究规律和路子，使其贯穿于研究的全过程。他首先着眼于中国古代用人行政的研究，利用近三年的时间，终于写出了《中国古代人事行政概要》一书。尔后，又将着眼点放在了现代人事制度和人才使用管理的研究上。耗时三载，又完成了《人才工作指南》一书。他的这些研究，都具有自己的独到之处，甚为精湛，并有许多精彩之论。他的《中国古代人事行政概要》一书，上自先秦，下到晚清，跨度很大，论证又极繁难。在典籍材料十分缺乏的情况下，其论点著述达到了一定的高度，为专家、同人所认可。这部著述所具有的真知灼见，完全可以成为一家之言。他的《人才工作指南》一书，从当代人才管理和使用的特点出发，从理论和实践的结合上阐述了人才使用和管理的固有规律，可谓独树一帜。全国人才学研究专家、中国人才研究会会长王通讯先生了解上述两部专著后非常重视。1996 年，尹秀民同志被吸收为中国人才研究会会员。

第二，抓住根本，正确处理研究和使用的关系。毛泽东同志早就指出，学习的目的全在于应用。我们中华民族有着数千年的文明史，有它的特点，有它的许多珍贵品。而“今天的中国是历史的中国的一个发展：我们是马克思主义的历史主义者，我们不应当割断历史。从孔夫子到孙中山，我们应当给予总结，承继这一份珍贵的遗产。这对于指导当前的伟大的运动，是有重要的帮助的。”所以我们必须认真地、一丝不苟地去学习、去研究中国的历史，尤其是历史文化遗产，从中引出其固有的而不是主观臆造的规律，用于指导我们现在的社会实践，使其少走或不走弯路。尹秀民同志在学习研究古代人才使用管理的理论中，始终抓住了这一根本，使其研究成果不被“束之高阁”。

他的《用人史鉴》和《盛世明君用人之道》两部专著，在这方面尤为突出，真正发挥了参考书的作用。《用人史鉴》从中国历史上历朝历代用人行政成功和失败两个方面列举了两百个案例做了深刻剖析，这可以使读者从正反两个方面获得借鉴。《盛世明君用人之道》一书，则对中国历史上创建过一代盛世的诸多封建帝王如刘邦、李世民、李隆基、赵匡胤、朱元璋、康熙、乾隆等成功的用人实践和思想进行了较深的探讨、分析和研究，为当今从政者提供了可贵的借鉴之处。

第三，运用武器，始终把握研究的正确方向。古人曾说：“士必先器识而后文艺。”这里所说的“识”，在各个时代有其各自的特点和内容，但是也有它的共同之处。在今天，我们建设中国特色社会主义时，所谓的识，它的含义较深较广，但是我认为，集中到一点，它的最高层次是历史唯物主义。尹秀民同志之所以能够取得这一成就，就在于他始终坚持运用马克思主义的认识论和方法论，去指导他的学习和研究，指导他去了解考察历史上的具体问题，使其始终不偏离正确的方向。因此，他之所以能够写出这种较高质量的著述，除他博览群书外，最根本的原因是他刻苦学习马列主义、毛泽东思想、邓小平理论的结果。他十分注意研究的实用性，力戒空谈和哗众取宠，这就进一步强化了理论和实践的紧密联系程度。当今，世风浅薄，有些人崇尚金钱，做学问浮躁不踏实。在这种形势下，能够做到认真学习马克思主义，坚持运用马克思主义作为学术指南，的确难能可贵。尹秀民同志能够从各个方面顶住社会上的歪风邪气，坚持马克思主义实事求是的学风，使自己的研究始终沿着正确的方向不断前进，这种优良学风的确值得学习和赞扬。

尹秀民同志的《文集》即将出版，奉上几点拙见，以为祝贺。最近，中央政治局会议做出了强化人才研究实施战略的决策，无疑是人才研究工作的强劲东风。领导干部要有强烈的人才意识，主要体现在知人善任、尊重人才、广纳群贤上，要做到有爱才之心、识才之智、容才之量、用才之艺，不可不读一下这本《文集》。我相信，尹秀民同志在新的形势下定能发挥出所有的聪明才智，创作出更多更好的作品，把人才学理论研究推进到一个新的高度。

2003 年 12 月 8 日于北京诚信斋

《余恢毅书法作品集》序

浩浩长江，东流万里；莽莽巴山，钟灵毓秀。七千万年的古老文明，孕育了三千万巴渝儿女和无数志士英豪，为重庆直辖市注入了人文重彩与阳刚之气。六十三年前，本书作者余恢毅便诞生于这座历史文化名城。

热爱生活，抒写生活，引发了作者习书的初衷。恢毅祖籍湖北汉阳，其家庭历经逃难入川、日机轰炸、“九二”火灾、三年困难时期与“文革”。作者本人曾在“养儿不用教，酉秀黔彭走一遭”的大山深处落户三年，在彭水县、涪陵地区工作、生活三十余载。“文革”停课期间，他潜心临习唐楷、汉隶，不肯虚度岁月。务农之余，时以枯枝代笔，席地书写格言警句。寂寞长夜，常秉烛夜读，修身明志。艰苦的环境、蹉跎的岁月、彪悍的民风与沧桑的阅历，终于升华为刚强的秉性、坚韧的毅力、积淀的才华及美学的素养。因政务繁忙，恢毅不能墨耕终日。然百忙一闲，即读书挥毫，临池不辍。

师法秦汉，钟情碑牍，使恢毅书艺日臻成熟。他曾静观西安碑林，瞻仰泰山刻石，拜谒西泠印社，游历名山古刹。20 世纪

60 年代末至 70 年代，又从《曹全碑》研习圆笔，追求飘逸挺拔与舒张秀丽。从《张迁碑》体味方笔，师承方劲高古与拙巧朴茂。从《史晨》《华山》《礼器》诸碑探寻用笔佳境。90 年代初，复浏览《隶字编》，研读秦汉简牍、摩崖、帛书、砖文，去粗取精，含英咀华，取法率意、质朴、粗犷、健雄的书风。从《说文解字》学习篆字结体，从《篆字辨》领悟书笔法，从齐白石佳作借鉴篆书布局，引篆入隶，提升书艺。

以文养书，功在书外，是恢毅习书的重要心得。他毕业于重庆师范大学汉语言文学系，自幼挚爱文学，酷爱国学。其书作内容主要出自屈原、司马迁，李白、杜甫、苏轼、辛弃疾、陆游、岳飞、毛泽东、陈毅等大家诗文。着重表现世上疮痍、民间疾苦、至理名言与和谐意境。以文学内涵和书法表象，传递着自身的文化素养、人格品性、智商情商及处事原则，力图融入“天人合一”的书法意境，文以书载，书倚文采，书文呼应，相得益彰。

春华秋实，夏收冬藏。恢毅正在潜心探寻从内容到方法、从感性到理性、从量变到质变、从必然到自由的习书之路。祝恢毅在艺术与人生之长河中击楫中流，老有所为。

（载于 2010 年 6 月 9 日《书法报》第 22 期）

《安家训书国家森讲话》序言

因为慈善方面的事情，我来到了故乡东营市。晚上，吕雪萍同志来看我，告诉我说市里的一位老同志用了几个月的时间将国家森同志过去的一篇讲话稿用毛笔全文抄了出来，六千多字，准备出一本书法集子，让我给写一篇序言。我正在犹豫之际，一位年纪不算小的女同志抱着一捆宣纸来到我面前，让我看看由九十张宣纸写成的讲话稿。我认真地翻看了一下，觉得这是一项浩大的工程，由此引发了我的浓厚兴趣。为什么一位年纪七十有余的老同志会把一篇讲话稿全文抄写下来？为什么不抄别的，专门抄这样一篇？已经深夜了，我反复阅读这篇文章，心中默默地感到，这篇序言我是非写不可了。

这篇讲话稿是国家森同志在任东营市委书记时于1997年12月27日班子调整后第一次市委常委扩大会议上的讲话，题目是《待人民重如山》。全文围绕调整后的市委、市政府班子的立足点、出发点和落脚点问题，解决对人民群众的态度和感情问题，解决为谁掌权、为谁服务的问题。讲话指出，作为党的领导干部，与封建时代的官吏有本质的不同，从根子上就应是人民的贴心人。除了人民利益，没有个人的私利。一个人职务有高低，能力有大小，工作任务有变化，但都应一心为民，视名利淡如水，待人民重如山，以奉献人民之心，以造福人民之绩，赢得人民群众的依赖和拥护，在人民心中这杆秤上都应是足斤足两。待人民重如山，就要千方百计带领群众治穷致富，尽快使全市人民过上好日子；待人民重如山，就要丢掉私心杂念，时时刻刻把群众的冷暖疾苦挂在心上；待人民重如山，就要加强团结，同心同德干事业，狠抓落实，反对空喊口号。今天，我们重温国家森同志的讲话，学习胡锦涛同志在庆祝中国共产党成立九十周年大会上的讲话，倍感亲切。胡锦涛同志说，只有我们把群众放在心上，群众才会把我们放在心上；只有我们把群众当亲人，群众才会把我们当亲人。我们共产党人决不能忘记，我们都是来自人民群众，始终把全心全意为人民服务当作宗旨，决不动摇。我明白了，因为有了这样视人民群众为父母的领导干部，才能带领一班人马使一个贫穷落后的地方改变了面貌，把东营提升了档次，贫穷丢到了上一世纪。我明白了，为什么一个老同志要把这篇讲话稿抄写出来，因为我们的干部为人民做了好事，人民还记着。国家森同志在任东营市委书记时，这样讲了，也这样做了，人民没有忘记他。尽管他已经调任山东省检察长多年，人民心中的一杆秤是公平的。

写了为什么写，还要回过头来说说书法写得怎么样。安家训同志是我的老乡，长我六岁，是一位德高望重的领导干部，在东营市的初创和发展时期都做出了重要的贡献。他 1951 年参加工作，为人民服务五十年后退休。他从基层工作干起，逐渐成长为党的领导干部，曾任东营市人大副主任。他干过多种工作，在每个岗位上都踏踏实实、认认真真、实实在在地为民办事，得到了领导的肯定和当地人民的称赞。安家训同志退休后，心态平衡，思路现实，找准位置，创造了新的生活方式。他投身于社会公益事业，乐此不疲，任劳任怨，2005 年被授予“全国关心下一代先进工作者”光荣称号。他从小热爱书法，退休后有了时间，便把书法作为生活娱乐健身的重要内容。十几年来，认真临帖，初学赵孟頫和魏碑，后学“三王”、米芾、孙过庭。由于潜心学习，静观物化，博采众长，继承传统，书法艺术有了很大提高，形成了行楷结合、以行为主的书法艺术风格。作品参加全国及省市展览，曾多次获奖，受到专家好评和同人喜爱。他还是一位优秀的书法活动组织者，编辑出版过多种书法著作，出版过《安家训书法集》。他的退休生活丰富多彩，退而不休，不断地为本省人民群众的文化生活而发光发热。

安家训在七十多岁时还抄写了国家森讲话的长卷，足见其品格之高和书艺之精湛。作为一位领导干部，书法写到这种程度实属不易，值得学习和提倡。我一向主张，领导干部退休后不要老待在家中，应该像安家训同志这样，做一些力所能及的公益慈善事业，既锻炼了身体，又把过去个人喜好和由于忙于公务而不能做的事，退休后做起来，于社会有益，于个人也有好处。老有所学，老有所乐，老有所为，老而不老！

黄河从这里入海，石油之城，生态之城，每天都在生长着新土地的东营市，今天又进入了一个新时期。黄河三角洲高效生态经济区和山东半岛蓝色经济区，几个国家战略融合在一起，使东营增加了新的生命力。在山东和东营党政领导下，率领和团结全省全市人民一道，必将迎来光辉灿烂的前景。祝愿东营的明天更美好，东营人民幸福安康！

是为序。

2011 年 7 月 18 日于诚信斋

博采众长，墨韵飘香

——读范国元书法艺术

在中国和世界人民共同期盼北京奥运会胜利举办的喜庆之时，范国元先生的书法艺术集与大家见面了。这是他以独特的形式和方法，对中国百年奥运梦想的如愿实现表达的一种诚挚的祝贺，更是其向2008年北京奥运会成功举办所献的一份厚礼。

国元先生务过农，当过兵，也做过老师。他既是地道农民的儿子，又是一位长期从事农村工作的领导；他既是位胸怀坦荡、热情爽朗、淡泊名利、宽厚儒雅的学者，又是一位在艺术上虚怀若谷、永不满足、勇于探索、奋力进取的开拓者。在几十年的工作之余，一直执着地追求书法艺术的真谛，精心创作出大量书法艺术作品。这些作品不仅受到当地群众和社会各界的高度赞扬，受到国内外书家、同行爱好者和国际友人的喜欢和青睐，更受到了国内书法名家和领导的一致好评。曾任全国政协副主席的张思卿先生为其题写书名，中国书法家协会副主席、北京市书协主席林岫，中国榜书艺术研究会副主席、秘书长孟庆利，中国书协理事、权益保障委员会副主任、评审委员王少默，中国书协理事、隶书委员会秘书长张继以及省部级领导和将军等都分别为其题词，呈现在诸位面前的这部书法集，共收录其楷、篆、隶、行、草等多种书法艺术风格的作品，进一步展示了他“纳古法而创新意、合时代书我心灵”与时俱进的书法艺术品格。

高雅追求

书法艺术是我国爱好者最多的门类之一，每个有文化的中国人都会写字，但是写字和书法并不是一回事。许多人看了书法都能品头论足地说一番自己的看法，特别是在我国进入市场经济时代的今天，一些人趋于浮躁的文化艺术功利得失，世俗地将个人取得经济效益的能力作为衡量其才智能力标准的时候，更难以想象国元先生这样一名农村干部，竟然会是一位长期甘于寂寞，执着追求并热爱中华民族传统书法艺术几十年，并取得众多可喜成就的书法家。

“冰冻三尺，非一日之寒。”一个人要想在书法艺术的探索上取得进步，就要长期心态平和，安于苦修，深刻领悟古今大师书法艺术精华，刻苦探索书法艺术的传承与衍变，融会贯通，才能达到比较纯熟的艺术境界。国元先生在学习传统书法艺术作品时，不是一味地刻意模仿，而是多看、多读、多思，悟其神韵精华，把自然灵秀之气聚于笔端，追求书法艺术的最高境界——自然美。他常说：“学习书法要有平常心，有毅力，有自信和悟性。”在上世纪70年代，无论在农村或是部队，因缺乏书法创作的条件，他就用手指、树枝、竹简、砖块作笔，以天空、大地作纸，随意挥洒，写出了自己俊逸的心灵感悟，神绘勤于手绘，心画多于笔画，使他磨炼出一种书为心画的硬功夫。这部册子的书法艺术正是数十年来他甘愿与寂寞为伍，甘愿与勤奋为伴，甘愿与谦虚为朋，甘愿与顽强为友，高雅追求的最好佐证。它既是书者情感、灵感的体现，更是书家理想境界和人格魅力的形象展示。懂得书法艺术内涵魅力的欣赏者，可以从作品字迹笔画的特色上体会出书家渊博的学识、气质、修养、情操和胆略，可以看到他是一个勤奋的人，一个好学的人，一个有悟性和美感的人，一个学有所成的人，他正从传统和创新的大道上阔步走来。

翰墨缘深

国元的书法艺术作品内容丰富广泛，既有唐诗宋词，也有现代领袖、老一辈革命家的诗词，更有他自撰的诗词联句，他在《恋诗》中是这样写的："春风秋雨酷暑寒，情恋唐诗宋词间。秉烛常伴星夜读，雅兴来时动笔砚。常作杜李欧阳客，痴情东坡清照篇。华章千遍啃不厌，羞作小诗学古贤。"从字里行间，我们可以清楚地感悟到一个书家民族文化的深厚底蕴以及作品丰富的情趣和内涵。

他学习书法艺术用的是循序渐进的学习方法，从喜爱、欣赏到临帖，从楷书入门，进而篆、隶、行、草。他既用心融入传统，植根于传统，又不被传统所困，不满足于功力技巧的精练，也不自喜于对一家一派形神的把握。他从古人的笔墨线条中体悟生命的迹化和动律，情志的表达和诠释。从对不同派别个性美的比较中，探索书法美的共同规律，从而使自己对书法的认识，实现着由表及里、由形到神、由“法”入“道”的跨越。

从一幅幅张弛有度、具有很强书法功力和阳刚美感的作品中可以看出，其章法严谨，结构精巧，气韵舒展，功底扎实。其形式上楷书方正端庄，不落俗态；篆书雍容大气，古朴隽永；隶书秀庄多变，神韵敦实；榜书气势磅礴，个性超然；行草飘逸流畅，高贵大雅。手法上其行笔枯润结合，富有音乐般起伏的节奏感、韵律感，情感饱满圆润，墨色变化多姿，笔墨上一波三折，使书写的内容与表现的形式达到了完美的结合，让观者领悟到书家的力度美和艺术美，可谓笔笔见功夫，字字展真情，幅幅有神韵。这些都充分抒发出书家奔流不息的创作激情和不懈追求的审美乐趣。

书为心画

艺术的真谛在于渊博的文化学识和底蕴，在于不能被重复生产制作的气质，在于不能以现代大生产的形式进行简单复制生产的妙趣。书法艺术亦是如此。书法艺术在外行人看来仿佛很简单，其实它是书家情感、气韵、学识、内涵和修养等心灵世界的真实展现。每位书家情感上的变化都会在自己的作品中展示出来。国元先生许多作品表现出来的不同的书法艺术风格，可以看出他在书法艺术上孜孜不倦的探索求变的创作轨迹。创新的道路是有质的规定性，它是无序的，又是有序的；它是历史的，又是现代的；它是独立的，又是开放的。努力寻找传统的书学思想与现代审美意识结合点，是当代每个书法家的首要课题。国元先生在其书法的实践中，从不断地取得成绩，不断地否定自我，不断地发现自我，又不断地超越自我，寻求展示出自己书法艺术更加鲜明个性特色的过程，可以看到对传统的广泛涉猎、厚积薄发、兼容并蓄是书法创新的一条必由之路和正确的方法。也进一步证明他有很强的笔墨驾驭能力和美的创造力，并从字里行间显示其天资聪明、人格独立、性情豪爽、志向执着的个性特征。

书道是艺道，更是思维情感品德之道。古人云："诗外有诗，方是好诗；词外有词，方是好词。"其实画外有画，也是好画；书外有书，才是好书。书法艺术的承传与衍变的关键在于锐意创新，我们不仅欣赏国元同道学传统、师造化、游离于传统书法艺术的传承与发扬创新之道的毅力和勇气，更品味他在书法中展现出来的丰富多彩的文化内涵和他那种"书外有书"的艺术境界。

"我修炼着书法，书法也修炼着我。""书为心画"，这是国元先生深深的感悟。他的书法作品先后多次参加国内外大型展赛，并多次获得一等、特等奖，金、银奖。《瞭望》新闻周刊以及《2006 中国书法年鉴》《中国书法大典》《中华书画艺术博览》《国际书画名家名作博览》等三十多部国家大型报刊和书画集介绍过他的书法作品艺术。有国家级博物馆、艺术馆、行政艺术机构及老将军、社会知名人士、国际友人都收藏他的书法作品，还先后在日本、韩国、新加坡等国家和我们香港地区展出。他平时还乐意为喜爱书法艺术的群众和干部义务书写名句名联和廉政格言，以激励人们奋发上进。还经常将有关作品所得捐赠给国家“爱心工程”“助学工程”，先后被授予“中国书法艺术家”“中国书画家百杰”“中国功勋艺术家”等多项荣誉称号。但他从不自吹，总是以谦虚的态度学习进取，他的人格、理想、行为、言语、兴趣等无不打着“潇洒”的印记。这种心态，这种精神，这种拿得起放得下的豁达，不仅是一种胸怀，一种大度，一种奉献，一种解放，更是他迈向成功的最重要的精神载体。

“书山有路勤为径，学海无涯苦作舟。”国元先生书法集的出版，是他书法艺术成就的一格缩影。既是其意念情态和对人生艺术的理解和追求，并将其全部融进流动的笔迹中，也是其笔迹与心迹的交融与合拍，更是其书为心画的真实写照。这些都源于他甘于淡泊、默默耕耘、永不满足、孜孜不倦的求索和创新。

愿国元先生的书法艺术取得更加瞩目的成就。

诗书大家，光彩照人

——在《青槐吟草——李铎诗词选》首发式上的讲话

尊敬的孙家正主席、李继耐主任，尊敬的李铎先生，各位嘉宾，各位朋友：

大家好！

首先，请允许我对李铎先生诗词选的出版发行，表示热烈的祝贺！

2011 年秋天，我应邀参加了“我爱我的祖国——李铎诗词书法展”在军博举行的开幕式，并参观了气势恢宏的展览，也陪同多位中央领导同志参观了展览，使我受到震撼和教育，至今记忆犹新。李铎先生不仅是享誉海内的书法大家，同时还是中国古典诗词的大家。那次书法诗词展览之后，我们都盼望着李铎诗词选集的出版。今天，我们终于盼到了！

纵观这本诗词选集，采用了线装、竖排、繁体字，别具匠心，充分展示了中国古典诗词的魅力，适合老年人的阅读习惯。这本诗词选，基本囊括了李铎先生近四十年来的主要诗词作品。从中可以看出，他在诗词中倾注了毕生的精力，用一腔热血锤炼诗句，讴歌伟大的时代，赞美伟大的祖国、伟大的中国共产党、伟大的军队和伟大的人民。他全身心地热爱伟大的祖国，始终如一地热爱伟大的党和伟大的军队，歌颂伟大的中国人民。在这本诗词选集中，李铎先生七十岁以后的作品占了大部分。年年都有诗作，尤其在2004年收录最多，仅这一年即有四十多首诗词作品收录其中。“树老根弥坚，阳骄叶更荫。”他在《七十述怀》一诗中写道：“扶云攀桂殿，再逼几层梯。”可见他烈士暮年，壮心不已，八十岁时仍要“探幽索隐，继日以追”，再攀高峰，再写辉煌！

李铎先生的诗词和他的人品一样，晶莹剔透，光彩照人。他为人师表，诲人不倦。他特别关心年轻人的健康成长，耐心讲解，苦口婆心，培养、提携、举荐青年书法人才。作为北京世纪名人国际书画院艺术顾问的李铎先生，不顾高龄，不怕寒暑，响应中央号召，提出和带领我们“走、转、改”，进社区，上课堂，下部队，到工厂，接受革命传统教育，密切联系群众，到工农兵学商的基层群众中去，送文化，拉家常，捐款捐物，做慈善，回报社会献爱心。他的所作所为、一言一行，都是我们学习的榜样、行动的楷模。这里我要引用他的诗，说明他对青年人的关心。诗词选集第一百八十二页，是专门为北京世纪名人国际书画院写的一首诗，诗曰：“铮铮十六字，字字若金葩。花落玉盘里，图新映碧霞。丹青抒浩气，翰墨颂中华。五载邦相与，和谐共一家。”北京世纪名人国际书画院的办院宗旨“依托名人，培育新人；服务社会，创立品牌”十六字，李铎先生肯定了我们的办院方针，并在诗中指出了今后努力的方向，要图新，要和谐，要颂扬中华。我们每年都有围绕中心主题的书画精品展，有我们自己的报纸《名人名家书画报》，有自己的展馆“名人书画馆”。北京世纪名人国际书画院能有今天，李铎先生倾注了大量心血，我们永远不会忘记。

李铎先生已经进入了“80 后”，仍然声音洪亮，思维敏捷，笔走龙蛇，新的诗词不断问世。他的讲话底气十足，语惊四座。让我们共同祝愿李铎先生艺术长青，青春永驻，健康长寿!

谢谢大家。

在“不忘初心，致敬青春——汪碧刚书法作品展”开幕式上的致辞

尊敬的各位领导、各位来宾，书画界和新闻界的朋友们，女士们、先生们：

今天的合肥亚明艺术馆格外怡人，这里高朋满座，少长咸集。由北京世纪名人国际书画院、安徽省政协书画研究院、安徽省书法家协会共同主办的“不忘初心，致敬青春——汪碧刚书法作品展”在美丽的包河之畔拉开帷幕。在此我谨代表北京世纪名人国际书画院，向出席今天开幕式的领导和嘉宾、观众朋友们，表示热烈的欢迎和衷心的感谢！

我和碧刚是多年的同事与好友，我长期在共青团中央、全国政协工作，二十二年前我们在全国政协共事。碧刚现任安徽省政协委员、青岛市政协委员，他还长期担任全国青联委员，这对我们来说是一种缘分，更是一种情分。十二年前我们又一道创办了北京世纪名人国际书画院，我是院长，他是副院长兼秘书长，在全院同人的共同努力下，经过他的具体运作，北京世纪名人国际书画院创立了“名人名家书画”自主品牌，赢得了社会广泛认同

和书画界普遍赞誉。他是一位称职的秘书长，许多难办的事情，在他的面前都会迎刃而解。他还兼任《名人名家书画报》的执行总编，事务繁忙，协调工作繁多，他却游刃有余。他把大部分精力用在北京世纪名人国际书画院的工作上。为了既定的目标，我们乐此不疲。

碧刚是伴随着改革开放成长起来的年轻一代，难能可贵的是他寄情笔墨，有情怀有担当，以此表达他追寻时代生活的热情。思考于其中，洞悉时事，表情达意。他才思敏捷，又有着较为深厚的文学功底，书品人品兼修。

本次展览主题鲜明，风格多样，格调高雅。从汪碧刚饱含真情的笔墨语言中，我们能够深切感受到他的家国情怀，他对家乡的深情厚谊。他以“不忘初心，致敬青春”为展览主题，唱响主旋律，传递正能量。碧刚悟性很高，书法进步很快。悟则生灵，勤能补拙。他是当代书法大家李铎先生的得意弟子，师生感情深厚，我曾多次目睹李铎先生手把手教他书法，其得到先生真传。他的极高悟性，从他这次的展出书作中可见一斑。其书法自然大方，雅俗共赏，境界深远，富有品位，蕴涵情趣，写出了书法的内在精神。他的书法反映了其价值观念和人生追求、道德修养。2015 年 4 月，他进入北京大学做博士后，研究方向是社会学、公共管理，随后担任北京大学城市治理研究院的副院长和秘书长。他刻苦勤勉，潜心学术研究，到北大工作不到三年，他出版了四部专著，发表了三十余篇论文，有些科研成果站在了国内前沿。其学术研究与书法创作相得益彰，成就斐然。

感谢北京华清集团、合肥安美集团、合肥亚明艺术馆对本次展览的大力协助，感谢社会各界的热情关注！

最后，预祝“不忘初心，致敬青春——汪碧刚书法作品展”圆满成功！祝愿碧刚书艺精进，祝愿各位万事顺遂！谢谢大家！

写我

道法自然，诚信立世

——张道诚先生和他的书法艺术

李　铎[1]

我的案头摆着《张道诚书法集》和张道诚先生的文集《苔花如米小》、诗集《诚信斋吟草》。作为同道与好友，我为他在书法和文学创作方面取得的成就而感到由衷高兴。2006 年 11 月他又在广州举办了个人书法展，真是可喜可贺。

张道诚，笔名金雁，20 世纪 40 年代出生于齐鲁大地，现任北京世纪名人国际书画院院长，热爱书法与诗词，是中国书法家协会会员、中国作家协会会员、中华诗词学会会员。其书风凝重稳健而又俊逸潇洒，注重传统和创新，功力深厚。他从回乡知识青年到《中国青年》杂志记者，从团中央统战部副部长、全国青联副秘书长到全国政协办公厅局长、副秘书长，可谓阅历丰富。难能可贵之处是他担任部级领导多年，坚持写作，研习书法和创作，笔耕不辍，而且成绩斐然。

---

① 中国书法家协会顾问、著名书法家。

我和道诚相识多年，他的书法启蒙于“童子功”，受益于刻苦勤奋。他告诉我，写字是他的一种爱好，于繁忙的公务之余，读帖临池不辍，这本身就是一种乐趣。“将爱好变成一种习惯，真心诚意为之，日久就有收获，所以我的斋名就叫‘诚信斋’。”他擅长多种书体，笔风清隽厚实，结构、章法力求多变，粗与细、浓与淡相结合；以博大沉雄的力感来感染观众，并从中体现“豪迈儒雅”的审美追求。尤其是他的行书作品，用笔收放自如，亦静亦动，酣畅淋漓，既有文人之细腻，又有书家之豪放。他在行草书方面得悉古今之变，使众法归己所用。故其行草不是宗守一家，而是勤在临池，博取众长。尤见浓淡干湿、长短点线的交叉，和谐中寓苍润，尊古法而不拘于法，张扬个性，突出道法中天人合一的自然和谐之美，风格特立，自出机杼，以潇洒自然之姿而为书家所称道。几十年来，张道诚全凭记问之勤，刻苦读史习文，把对人生的诸般感悟化入诗联韵律。他创作的诗词、楹联作品几百首（幅），得到了业内同行的赞许。

道诚待人随和、谦逊、真诚，朋友遍天下，且受人尊重。他担任院长的北京世纪名人国际书画院，坚持“依托名人，培育新人；创立品牌，服务社会”的办院方针，为书画名家与社会名人搭建了交流互动的平台，积极探索研究书画创作新思路，扎实开展各项书画交流活动工作，取得了良好的社会效益，在业内外享有盛誉。

道法自然，诚信立世，这是我对张道诚书法的认识。

从文学青年到全国政协副秘书长

周　涛①

2002 年 6 月，张道诚从全国政协副秘书长的职位上退了下来，任全国政协港澳台侨委员会副主任，从事与港澳台侨同胞及海外知名人士的联系工作，通过征求他们的意见和建议，同时吸收国外先进的东西，为我国的社会主义建设服务。

张道诚说自己平生有两大嗜好：一是结识朋友，二是舞文弄墨。从早年在《中国青年》杂志社任编辑、记者，到去团中央做青年工作，再到全国政协，近四十年的工作生活中，他结识了大量朋友，这既是工作需要，也是他爽直、热情的性格使然；对文学的偏爱则让他找到了一种工作之外的乐趣。最初，写作作为一技之长，还直接把他引进就业的门槛。

回乡知青

张道诚 1941 年出生在广饶县广饶镇北高村，家中兄妹五个，

① 《人民日报》记者。

算是家大口阔。在上个世纪四五十年代，物质生活很匮乏的情况下，像张道诚这样的农村孩子，只能像小狗小猫一样长大。他家祖祖辈辈是农民，没有人识字。由于家境贫寒，他大点后还要带弟妹，直到十岁方才上小学。兄妹中只有他一人读到高中毕业。值得庆幸的是，他上小学的时候碰上一位名叫聂绍宪（已故）的老师。聂老师在解放前是县参议员，古文功底深厚，毛笔字写得好，画也画得好；在教学上注重培养学生的笔头功夫，要求每两个星期写一次作文，头星期写，下星期评讲。张道诚在聂老师门下训练了几年，文学细胞被激活，到小学五六年级时，他的作文往往是第一，在班上常常被当作范文念。

从此，张道诚迷恋上了文学，读了很多文学名著。到广饶一中后，他的目标更明确，更加喜欢文学，喜欢写作。1963 年高考时，他的志愿填了北京大学和山东大学，都是中文系。遗憾的是，张道诚落选了，大学的门没有向他敞开，他与那个时代的绝大多数高中毕业生一样，作为知识青年，回了农村。回乡后，他做的第一件事是在县图书馆办了一个借书证，随后，系统地读了《静静的顿河》《红与黑》《红楼梦》等许多中外名著。

那时，一个高中生在农村是很有文化的人。张道诚在劳动之余，从帮社员写信，干活休息时读报纸、教唱歌，到成立小图书室，再到办民校为青年农民讲课，充分展示了自己有文化特长的一面。回乡的一年时间里，作为团支书的他，发挥团组织的作用，在帮助同龄人丰富文化生活、提高综合素质方面做了不少事。同时，他也在寻找在农村扎根下去的精神寄托，关心他自己以及像他一样的许许多多回乡青年今后的路该怎样走。无疑，毛泽东主席当年的最高指示“农村是一个广阔的天地，在那里是可以大有作为的”已为他们指明了方向。1964 年 6 月，张道诚在《大众日报》上用笔名金雁发表了一篇题为《农村可以大有作为》的文章，讲述了他从回乡时的失落到积极投身生活，坚定地引导同龄人扎根农村干革命的思想蜕变过程，同时也完成了自己的精神升华。同样的主题，他还在自己的短篇小说《我们走在大路上》进行了更深层次的探讨。

在回乡的一年里，张道诚还写诗填词，用文学理清自己的思想。帮助同龄人的过程，也是他提升自己文字功底的过程，为往后抓住人生的机遇，更好地做文字工作打下了坚实的基础。

在团中央

1964 年，也就是在张道诚回乡后的第二年，他迎来了一次读书机会。山东省团校为培训基层团干部，在全省招收了五百名学员，广饶县有六个名额，张道诚有幸成为其中之一。省团校采取开放式的教学，同学们相互学习，自由讨论，让张道诚和他的同学对今后如何做团的工作有了较好的知识储备。在学校期间，张道诚利用自身综合素质好的优势，在班里组织丰富多彩的文娱活动，主编墙报，得到很多锻炼机会。

临近毕业时，《中国青年》杂志社在山东省团校组织了一个座谈会，实则是为了选拔人才。《中国青年》于 1923 年由恽代英等创办，是团中央的机关刊物，是青年人成长的摇篮，在青年中的影响极大。

1965 年 11 月，张道诚同其他三位同学一起调往《中国青年》杂志社，他在文艺组工作。其他同学毕业后除团省委留下十个人外，都回到所在的县，成为县乡共青团的中坚力量。

后来，张道诚才知道自己进杂志社的背景：1963 年《中国青年》创刊四十周年，杂志社在北京办了一个展览，邓颖超同志去看了，回去后跟周总理介绍了展览的情况。随后，周总理也去看了展览，还发表了讲话，做了一个指示：《中国青年》要“面向农村，兼顾城市”。当时杂志社跟总理做了汇报，说社里人员不够，熟悉农村情况的人少。总理因此做了批示，给杂志社增加了二十个编制，要求从在农村工作过、熟悉农村情况的团干部中选调。张道诚在农村的经历，以及良好的写作功底让他有幸被选中。

张道诚到《中国青年》杂志社后，在文艺部当编辑。一次，他读来信来稿时，还看见一篇自己 1964 年投的稿件，当时还在想：“这样幼稚的东西，还敢投。”当然，进杂志社后经老同志的“传帮带”，张道诚的写作技巧以及对社会的洞察力已远非回乡知青时期可比。

1966 年 6 月，张道诚获得单独出去采访的机会，地点在河北定县，主题是反映一位女青年组织宣传活动，占领农村文化阵地的事迹。对这一次采访，他的印象很深：从北京坐火车到石家庄，再坐汽车到定县，天黑无车下着雨，他又走了五十多里才到村里。找女青年谈，找村干部谈，又找她的伙伴谈；夜里，将一天的采访在炕头上写成了七千多字的稿件。将稿件征求意见后，团支书用自行车将张道诚送到火车站。来回三天时间完成了任务。

到社里后，领导认为稿件写得不错，发表时还加了“编者按”。

1966年，“文化大革命”爆发，当时《中国青年》杂志社正确引导青年们的思想，表现活跃。张道诚还刊发了尚未出版的小说《欧阳海之歌》里的部分章节。到8月中旬，团中央改组后，杂志社不得不宣布停刊。张道诚感到实在没办法工作，也很无聊，就主动申请去了资料室，图个清静的同时，也可学一点东西。这期间，他几乎把图书室里的书籍看了个遍，长了不少知识。

1969年，张道诚去了河南潢川县团中央五七干校，和胡耀邦、胡克实、胡启立等团中央领导一起劳动，他曾同时任团中央第一书记的胡耀邦同志住一个房间，白天一起割水稻。这段时间，张道诚有机会和老领导们同吃同住，零距离聆听他们的教诲，是因祸而得福。在此期间，他还写了大量的东西。

到1973年2月，《中国青年》准备复刊，让张道诚参加筹备工作，而此时他已是团中央五七干校校部党支部副书记。他离开五七干校，回到北京。复刊的路很漫长，由于时局不稳，张道诚和同事只能在观望中等待。1975年，《中国青年》曾出了一个试刊号，张道诚和同事去江苏沛县采访了一个青年农民典型，还写过一篇《中国青年》在人物宣传方面经验教训之类的总结，也向外投了一些稿件。

《中国青年》停刊十二年后，直到1978年10月才正式复刊，张道诚任总编室副主任。杂志社对复刊号很重视，特意请中央领导为刊物题了词，刊发了题为《春风吹又生》的发刊词，发表了一篇为“天安门事件”平反的文章，还选登了天安门诗抄，在全国新闻单位中，《中国青年》杂志社是第一个这样做的。复刊号准备好之后，送了一个毛本给分管团中央工作的一位中央领导看。在人民大会堂新疆厅，这位中央领导同志同团中央临时领导小组、《中国青年》杂志社的同志谈了五个小时，批评杂志没有华国锋主席的题词，没有毛主席的照片和新发表的诗词，怎么能够发行？发出去的也要收回来。实际上华主席那段时间出国未回，题词未等到。复刊号印出来后，只在北京发行一部分，但还是有少量的杂志在北京市场传阅。有的社会青年对上面的做法很不理解，也很气愤，偷偷将杂志贴在西单的墙上，以示反抗。这就是曾经轰动一时的“西单民主墙”最早张贴的东西。

张道诚在筹备《中国青年》复刊的同时，还同人民日报社记者于国厚、谷嘉旺一起采访了歌颂“天安门事件”的英雄人物贺延光。这篇《暴风雨中的海燕》一文，文稿写成是在夏天，在 1978 年 10 月 12 日的《人民日报》和《中国青年报》同时发表，比北京市为“天安门事件”做出平反决定还早一个月。

1980 年，张道诚调团中央文体部任文艺处处长。1983 年任统战部副部长，同时兼全国青联副秘书长。这一时期，张道诚主要做一些青年的统战工作，联络内地及港澳台侨各界优秀青年；同时探索怎样做少数民族地区团的工作。这一时期，张道诚结识了很多优秀青年，跟他们交了朋友，也从他们身上学到不少东西。

在全国政协

1984 年 9 月至 1985 年 2 月，张道诚在中央党校学习半年，5

月调入全国政协。当时，为加强全国政协的外事工作力度，刚刚成立政协外事局，张道诚任副局长，主持日常工作，第二年任局长。

从中华人民共和国成立到改革开放前，与我国建交的国家少，而且政协在国外对口的部门也少，只有朝鲜、捷克、罗马尼亚等少数国家的相应部门与政协有联系，故政协介入的外事活动少。改革开放后，我国加快了与世界接轨的步伐，建交的国家也多了，考虑到许多老干部进政协后，为更好地发挥他们参政议政的作用，进一步开展政协外事工作势在必行。在外事局，张道诚很快打开了工作局面，一年接送十多个团组出国和来华访问，加强了与国外的联系，全国政协的外事工作开始活跃起来。

1988 年，张道诚任政协机关行政管理局局长。管理局是负责后勤工作的，是政协机关的半壁江山，有三百多人。当时管理混乱，出了不少问题，张道诚上任后，和同事们一起调查研究，立章建制，重组管理队伍。两年后，管理局的工作做到了上下满意。这也是张道诚最累的几年，头发哗哗地往下掉。1992 年，他被选为中共第十四次全国代表大会代表。

1992 年 6 月，张道诚调全国政协秘书局任局长。1993 年，李瑞环同志任政协主席，政协的地位得到提升，作用发挥得更加充分。秘书局直接为领导服务，既是助手，又是参谋，协调活动、处理文电、组织会议。秘书局的工作看似风光，实则任务繁重而复杂：每年涉及领导的会议特别多，还有委员视察、新年茶话会等等。这些活动的每个环节都很重要，稍有不慎就会出差错。张道诚是领导的秘书，又是秘书的领导，他管着四十多位领导秘书和工作人员，神经时时刻刻绷得紧紧的，真的是如履薄冰，如临深渊。

1996年2月，张道诚任全国政协副秘书长，分管提案委员会、教科文卫体委员会、社会和法制委员会、民族和宗教委员会四个办公室，以后又分管秘书局工作。与在管理局和秘书局的繁杂工作相比，张道诚分管的专门委员会工作专一且针对性很强。他将管人和管事相结合，协调政协办公厅和各专门委员会的工作，落实常委会的重大决议，组织协调一些专题调研，同时联络各个民主党派和民主人士。

现在，任全国政协港澳台侨委员会副主任的张道诚活得很充实，除继续联络港澳台侨同胞及海外知名人士，广交朋友，发挥政协的智囊作用外，还坚持写诗、填词、练书法。他因“文革”抄大字报而迷上书法，现在已有相当功底，是中国书法家协会会员，还是中华诗词学会会员。去年，龙的传人出版社出版了他的诗集《诚信斋吟草》和文集《苔花如米小》。

苔花一簇案边开

——张道诚先生《生活的浪花》读后

杜　泓①

一本五十多万字的书，我从冬天一直读到了春天。与我书柜里的很多书相比，这本书不是最厚的，不是最贵的，也不是装帧最华美的，它平实、质朴，如同农民手中的一捧泥土，静静地发散出时光的香味。这样一本不猎奇、不唯美、不小资、不浪漫的书，我却是如此不忍释手，走到哪里，就把它带到哪里。开车时它在我的副驾驶座上，外出时它在我的背包里，入眠前它又在我的枕边……我知道，这一次我是被结结实实地打动了。《生活的浪花》，一部看起来再平凡不过的书，深读之下，却让我立即穿透了时代的隔膜，迅速被里面强大的信仰、忠实的坚守、赤子的真诚彻底征服。

毫不夸张地说，这是我读过的完全纪实、百分百忠于生活原貌的最为励志的书。在 2015 年初的石家庄雾霾沉沉的冬天里

① 作家、画家。

我用了很多个白天和夜晚的很多段时间，一路追随着作者朴实无华的语句，在上个世纪60年代的艰辛而沸腾的岁月中踯躅行进，很多的篇章都是反复阅读，就这样一直读到了3月到来，春风又起。我记得十分清楚，在阅读之初，我按照自己的旧习，每遇到动人的句子和章节，就随手将书页折个角做记号，以便再次重温。但是一路读着，读到最后的时候，我发现这本五百多页的《生活的浪花》又厚了很多——太多的地方被我折了角，有的地方同一页要折两次甚至三次，于是上角下角都有了折痕，索性就不折了。在那么多那么多的折痕里面，每一个都是阅读的痛点，每一个痛点连接起来，已经成线、成片、成面——我很诧异自己居然会被这样一部历史和阶级烙印鲜明的读物感动，不是因为高深的思想，也不是因为精到的词句，是它透过历史的风尘烟云，深深切切地直指我这样散漫的内心，让人不由自主融入那个情境、那个时代，跟随那个热血沸腾的青年人，一道去投身于火热的岁月。感谢这场阅读体验，在阅读中，我追寻着作者的脚步，一起忍受饥荒，一起抵抗病痛，一起迷茫困惑，一起振奋欣喜，一起下田劳作，一起学习奋斗……追随着他，一步，一步，走过了那段人生。

1960年到1966年，那对我是个完全陌生的时代，仅仅是一组写在历史课本上的概念名词；而对于我所敬重的张道诚先生来说，这六个年头，则是令他终生铭记的一部热血沸腾的青春宣言，一段百炼成钢的生命历程，他的人生道路也由此改写。

《生活的浪花》不是日记题材的文学读物，而完全是张道诚先生1960年到1966年间部分日记的原文，记录了他从高中时代直到[illegible]上工作岗位的人生足迹。

我一向认为，能够持之以恒写日记的人，都是精神世界十分强大的人。能够坚持在纵深契阔的生活历程中几十年如一日写日记的人，其意志力更是强大到可怕。沿着中学时代—回乡时期—团校生活—记者生涯这个脉络，我把这部书前前后后读了不下三遍。很多章节已经在脑子里生根，走路做事时，脑际也时不时会冒出一个书中的场景——三年困难时期，拉磨的牲畜饿死了，他和母亲弟妹一起推碾子拉磨；成校医风趣幽默的黑板报《卫生谈丛》，造型奇特的一至十字楼梯诗；高中最后一年，农村颗粒无收，没有足够的粮食带到学校，没有借到学费致使无法报到，他说“我不知如何是好，心像云彩一样在半空飘荡”；送表姐上火车的他没挤下来，被带到了下一站——这是他第一次坐火车，没钱补票，他步行五十里地原路返回；带领民兵去小清河抢险，连续奋战两个昼夜，回来的路上，双脚磨出了血泡，困倦之极一边走路一边打盹；被保送省团校学习期间，食堂用餐时不小心洒在桌上的大米稀粥，他默默地用勺子舀起送到嘴里……我最为惊奇的，是那个煤油灯烧蚊子的场景。道诚先生在自序中说，在他的那个时代，家里全部是煤油灯照明，在经过一整天繁重的劳作之后，他还要在蚊帐中凑着煤油灯昏暗的光亮，完成自己给自己规定的读书和写作日课。做功课前，他都要小心翼翼地用煤油灯的灯头把藏在蚊帐里的蚊子一只一只烧掉，天长日久，他非常熟练地掌握了这个高难度技术，每晚都能烧掉几十只蚊子……

如今的道诚先生虽已年逾古稀，但他思维敏锐，充满朝气，跟年轻人毫无二致，这也得益于他在团中央机关做青年工作二十多年的阅历。先生把微信玩得很“溜”，这让我们跟他迅速拉近了距离。年前微信问候道诚先生，先生幽默地回复说：“下次来京，煤油灯烧蚊子的绝技面授与你!”

我没有煤油灯，也没有蚊帐，烧蚊子的绝技即便得到真传，也是没有习练的条件了。但这个场景时常在我心头浮现，蚊帐里，灯头下，年轻的眼神无比坚定，瞳孔中跳动着一簇理想的火焰，一字一句，一笔一画，坦诚地拷问自己，严肃地书写人生。每阅读一个段落，我都会暗自庆幸：幸好，我在京学习期间遇见了道诚先生；幸好，我得到了这部《生活的浪花》，并如此认真地细细阅读了它。

这场阅读不同以往。我不再是跟从前一样，仅仅限于了解一位采访对象，理解一位优秀人物；因为对《浪花》的阅读，我开始学着用另一个角度，审视和思考自己的人生。从中，我理解了，在那个艰苦卓绝的时代，却有那么战斗沸腾的生活在召唤，有那么火热昂扬的青春在燃烧，有那么赤诚无瑕的心灵在跳跃，有那么坚定执着的脚步在行进……从中，我懂得了，优秀的人之所以优秀，是因为他的心中，始终燃烧着理想的圣火，无论多少艰难困苦，这圣火都顽强地跃动在前行的路上，不惧风霜雨雪，无畏饥寒困顿，照耀着脚下坚定的步伐。我终于释然了，为什么一个穷困农家的孩子，在短短两年零三个月的时间里，从一名高考落榜的农村知识青年，从广饶县的一个小村庄大步跨越来到首都北京，成长为共青团中央的杂志编辑！——这是一个传奇，但不是一步登天、平步青云的传奇，这是一个关于理想、关于信念、关于奋斗的传奇!

在这场传奇中，我读到了几个关键词：一为坚定，二为纯粹，三为感恩。

坚定。道诚先生自初中时代就开始写日记，这是出于对文学的热爱，为了练笔为写作的积累他给自己的硬性规定：记下每天中最重要或最感动的事，必须写出意见和观点，必须言之有理，不能记流水账。也许原本的初心是朴素的，但他这一坚持，就是几十年。期间的无数饥寒困顿病痛劳苦，他都咬牙坚持着，完成自己的日课。然而我们读到的，并不是日记本身。我们读到的，首先是一位青年学生的坚定。他是一个人生目标清晰而坚定的人。在那么久、那么多的苦难里，他都坚定着自己的梦想。1962年8月25日，病中的他躺在学校宿舍里，这间年久失修的土坯房意外坍塌，一根檩条正砸在他枕头上，他恰好躲过一劫，一身冷汗之后，他这样想："我既然已经来到这个世界上，就难免会碰到死的问题，只要有生的机会，就应该让生命闪光。"1963年9月8日，高考落榜的痛苦中，他写："我伤心，但是没有眼泪流下来……我不是感情脆弱的人，我还有理智，我要生活，在生活的激流里战斗一生。"1964年8月10日，参加村里抗涝救灾，他在黑板报撰写文章激励社员："最困难的时候，往往也就是胜利将要到来的时候。这时候，你顶过去了，就胜利了；一旦退下来，就是失败。"1965年1月6日，他满含巨大悲痛埋葬了父亲，回团校的路上，他写："今天，我离开家乡，到革命的洪流中去了，我决不能忘本，一定积极奋斗，努力大干！"

太多的感动，我无法尽数，真的，那个时代，怎么会那么艰辛，那么困苦，那么多的严峻考验！就在这样的考验中，道诚先生坚定着自己的人生信念和崇高理想，积极投身于生活的洪流中。他热爱挑战的严峻，歌颂劳动的光辉，也在不懈的坚持奋斗中冶炼着自己火热的青春。

纯粹。“白日不到处，青春恰自来。苔花如米小，也学牡丹开。”道诚先生每以苔花自喻，谦谨可鉴。他出身农村，骨子里始终有着泥土一般的纯粹和质朴。日记是写给自己看的最为私密的文字，是最不加修饰的内心独白。在《浪花》中，我经常读到他对自己思想行为的剖析、拷问和自责。他不容许自己在追寻理想的道路上有丝毫的懈怠，不纵容自己在学习上有偶尔的懒惰，更不原谅自己在思想修为上有细微的偏差——每天的日记，已经不再单纯是青少年时代出于练笔的需要，而是在前行路上自省、自警、自励的必修课。这里，给我印象最深的是查岗事件和肉饺子事件。1965 年 1 月 13 日，团校学习期间下乡搞“四清”，轮到查岗时他夜里睡得太死，老马没能叫醒他。他这样深深自责：“我怎么睡觉又这么死了呢？这一夜是我们查岗，我怎么忘了呢？这是种什么劲头呢？……我一面刷着牙，想着这件事，我眼里沁出了泪花。……我为自己做错了事而难过、内疚和惭愧。……这个问题并非小问题，值得深思，应该注意纠正。”

1965 年 1 月 30 日，下乡期间房东给做了顿饺子，饺子馅里放了点儿肉，他和另外一个同志跟房东全家一起吃了，没有搞特殊，但事后还是深深自责：“倘若是吃了‘四不清’干部贿赂房东包的饺子（有肉的），那是多么危险的事！不能等闲视之!! 不能等闲视之!!! ……倘若想到处在水深火热中的阶级兄弟，他们还没的吃、没的穿、没的住，我怎么能够咽下这肉饺子呢？唉！这不是小问题，必须注意!”“不能等闲视之”后面，他连用五个感叹号，足见当时感情之强烈。

在字里行间，我读到了这颗时时处处警醒着的纯诚心灵，感慨于这纯粹的无比珍贵。

感恩。他是个太懂得感谢的人。他的感谢是虔诚的，完全发自内心深处的，因而也更加具有感染人的力量。

1961 年 10 月 11 日，三年困难时期，他读高二。学校组织学生到博兴农场劳动，尽管每天配的口粮不够吃，但他可以利用休息时间去采摘一些野生的胡绿豆，每天可以做两顿饭了。“每人每天增加一斤胡绿豆，可以做干饭，也可以做稀饭，一切随意愿而定！……这是多么甜蜜的生活啊！”“有胡绿豆采摘真好！可以做干饭，也可以做稀饭！这是多么甜蜜的生活！”他在日记里兴奋，我在日记外垂泪。年轻的他好知足呀——“这半个月的生活我是没有饿着的，一直生活在集体的、快乐的海洋中。”

1964 年 6 月 11 日，他得知自己的文章终于在《大众日报》发表，6 月 9 日第三版，《农村可以大有作为》占据了半个版面。“我想，这仅仅是开始，是我刚开始学迈步。今后决不能骄傲和自满，而应当更加虚心地学习，勤奋地工作，扎扎实实地干实事，多写些东西献给生我养我的这片热土。”

1964 年 9 月 27 日，因为回乡期间做出了出色的成绩，他被保送到山东省团校。“今天，我感到有说不出的幸福和快乐，我高兴得简直要跳起来，激动地流出了热泪。……我们这些农村穷人家的孩子，在旧社会连读书的机会都没有，而今天，党组织竟保送我们到团校来学习，这真是做梦也想不到的事啊！怎么能不高兴呢！我们不能忘记党的教导，抓紧时间刻苦学习！学习!!

再学习!!!”

“我坐在有着雪白墙壁和天花板的屋子里，头上是锃亮的电灯，我的心情怎能不激动呢!”雪白的墙壁，锃亮的电灯，团校的召唤，让这个身怀煤油灯烧蚊子绝技的青年学生，在深切的感恩中泪如泉涌。

1965 年 11 月 1 日，团校结业后他来到共青团山东省委，走上工作岗位。“新的一天，标志新生活的开始，怎样才能写好自己鲜红的历史？要回答嘛，只有用自己的实际行动为人民多做贡献，把自己的历史写得鲜红。新生活的开始，要将生活过得更有意义，只有把自己纳入集体之中，在群众的汪洋大海中放出一滴水的光辉。要为人民服务，就要革命一辈子，永不褪色!”

1965 年 11 月 13 日，他奉命到《中国青年》杂志社报到，第一次进北京。“新的生活开始了，我要把自己融入集体之中，在为集体事业奋斗中求得幸福。……夜里，我翻来覆去睡不着。我想，像我这样一个穷孩子，要不是党和毛主席，哪里会有我的今天，哪里能读书、能上省城，今天又到了北京，到了毛主席的身旁。这在旧社会是连做梦也做不到的啊！而今天，在毛泽东时代的社会主义国家里却成了事实，我不能不感到高兴与幸福。我更加热爱社会主义，热爱党，热爱毛主席，热爱祖国的心脏——北京！让我高呼：共产党万岁！毛主席万岁！……毛主席，我一定永远听您的话，永远革命，永不变质!”虽然隔着一个时代，但这样的口号我并不觉得假大空，字里行间，我读到了他那种发自肺腑的真诚。

还有，1965 年 11 月 25 日，他第一次领到了工资，他写:

“今天我第一次在北京领到了工资。这是党对我工作的报酬。然而，我深感我工作做得不好，对党对人民的贡献太少。这是我走上工作的开始，我有信心在今后的日子里加油干。……党给我工资，这是党对我的鞭策、鼓励。我这样出身的穷孩子，没有党和毛主席，怎么会有我的今天。我一定要当一个党的驯服的工具，做人民的一头忠实的牛，决不计较待遇、地位、等级。只要我能为党工作，我就感到很幸福。”

沿着坚定、纯粹、感恩这个脉络，我往复三遍，细细通读了《浪花》。每一次的阅读都是新的，都像是第一次。感慨于道诚先生的波澜壮阔的青春和奋斗，受教于道诚先生的高尚人格和品质，每每想到他，便想到他的自喻：即便微小如苔花一簇，也决不辜负大好春光，身在角落依旧粲然盛开，倾尽全力书写出生命的光华。

行文至此，眼前仿佛得见道诚先生的书案边，一簇青苔在白日未及处，独自盛放着青春。它擎起米粒般微小的花朵，向着光亮处怒放，怒放。一朵，一朵，又一朵，每一朵的怒放都无比郑重，无比虔诚。

道诚先生的美德也正如苔花一般，一生都没有背弃过崇高的理想，没有放弃过不懈的追求，没有丢弃过赤子的忠诚。美德如花，伴随在他的书案，摇曳为多姿多彩的文章诗词，幻化为行云流水的书迹墨痕。

这是对光明的礼赞。这是对理想的独白。这是对生命的敬畏。

2015 年 3 月 3 日

俊逸雅致，简静平和

——张道诚书法艺术探幽

崔勇波[①]

自古以来，文人雅士多以金石书画寄情养心，蓄德明志。书法作为一种特殊艺术品，是书家心灵外化的符号，是书家天分、功力、学养的综合体现。在历代，举凡杰出书法家，无不是诗文书画俱佳，当代尤然。最近有幸拜读了全国政协原副秘书长、北京世纪名人国际书画院院长张道诚先生一批书法新作，感触亦深。

一

张道诚先生生于齐鲁大地，自古齐鲁民风朴实，文风昌盛，历代贤俊雅作频出，滋养一方。张先生自幼喜爱文艺，特别对书法艺术可谓酷爱，多年来无论在什么工作岗位，都从没有间断对书法艺术的临池追求。而与其他书家不同的是，面对纷杂的书

① 书法家、画家。

坛，面对浩瀚的书法传统和古今卓然成群的书法先贤，张道诚先生始终保持着极为清醒的头脑，不为时风所左右，坚信自我，稳扎稳打，着意在气息、韵致上下功夫，使书风向着端庄、隽逸的方向发展，从纷繁头绪中理出了一条适合自身创作的艺术理念和创作道路。

张道诚先生学书伊始便一直在魏晋书风中探求，并将典雅的书风作为自己的艺术审美取向。他近年的作品以行草书为多，不但沉潜于“二王”“宋四家”的韵致，更从今人处积极兼收并蓄，以符合当代人审美的创作语言去表现自我，特别是欧阳中石、沈鹏、李铎、张海等大家们的教诲和指点、鼓励，使他受益良多。通过多年的砚田浸淫和思想理念的不断升华，“二王”一脉简静平和的书风成为张道诚先生书法艺术精神的追求根本，其作为文人的性情也在这里找到了遥接古今的切入点。

纵观张道诚先生近年来的行草书法作品，无论巨制、矮纸，皆一派醇正清雅之气。用笔婉转流畅，点画风姿绰约，在秀丽、雅致、恬淡中表现出运笔的熟悉畅达与精致，颇具魏晋士人气韵，通篇洋溢着文质彬彬、潇洒自如的君子之风。而这其中的“雅致”在纷繁的当代书坛显得尤其难能可贵。

书法艺术在审美上的展示历来是多元的，有壮美一格，有古朴一格，有隽秀一格，有劲健一格，等等。在美的表现上，各有各的优长，各有各的魅力，其中，“雅格”当属至高之格。“雅格”一系的审美是唯美主义的，它体现在用笔的精微、结字的端庄、行气的从容、章法的和谐之中，表现在重内涵、讲细腻、贵姿质。张道诚先生之书，恪守着这一唯美主义的圭臬，他志气平和，不激不厉，追求“婉而愈劲，通而愈节”“飘逸愈沉着，婀娜愈刚健”的中和之美。如其行草佳作《岳阳楼记》《兰亭序》等，无论结体与线条，均不主故常，不假修饰而一任自然；同时注重线条、墨色的丰富变化和结字的腾挪变化，注重点画的纵横结合，注重情感和性灵的流露，从而使之具有强烈的视觉张力，耐人咀嚼回味。

张道诚先生书法艺术的支撑点建立于长期的生活根基之上，完全是其内在修养和内心世界的集中展现。著名美学家朱良志先生认为：“中国艺术在创造中所表现的是生命之寄托、生命之愉悦与生命之超越，这种要求是中国艺术的生命愉悦观决定的，是中国艺术区别于其他民族艺术的一个重要因素，它所强调的是自适其适，一种摒却了功利的生命愉悦和忘却愉悦的终极愉悦观。它必定是建立在自我理性思考和寻求自适的道路之上的，一定是快乐的。”张道诚先生的书法创作是合乎这样的路数的，他的书法作品能够深入传统，立足于古代经典作品，展示着一种“硕人颀颀”式的大度之美，而不单纯以技巧眩人耳目，可以说是品位正；在作品形式上，取法历代优秀作品，并借鉴时人，以符合当代审美的创作语言，实为善学。

二

综观张道诚先生的书法作品，有三个鲜明特点：

心中有情方能笔下生情，他颇具真情的文笔，无不处处展示出浓浓的书卷才情。

一是极富文气的流露。综观张道诚先生的书法作品，聪颖满纸，写古感怀，塑自我之心，显示出一种丰富、高雅的格调。其深厚的文学积累和理论的研究与审美观念的提升，又催生了其书风的渐变。由此不难看出他对古典的尊崇，和对书画以外传统思想文化的深刻领悟。

二是极富浪漫抒情特色。因其作为文学家想象力的作用，张道诚先生在创作书法作品时不拘于传统礼法，而着力于尽情挥洒，于其中求气韵、求变化、求古朴，强调对“生命勃发”的意趣表达，注重对艺术中的“自由恣肆”精神和“内在精神现象”的表达。在顺畅中表现出一种凝练的风韵，通过“发迹多端”，实现“穷浪漫于毫端，合情调于纸上”的创作追求。

三是极富情感的自我释怀。书法艺术注重表现字外的境界，更注重于表现内心精神世界。张道诚先生学书始便致力于人格上的自我完善、自我释然和自我抒怀。其作品不追求结字和用笔的“狂放”，而是自然地“书写”自我的内心世界。其作品尽管感情充沛，张力弥漫，却又不流于恣意的宣泄和气势外露的挥洒，而是将强烈的情感包容于深沉之中，从而使作品达到“立象以尽意”的目的，表现出极强的艺术个性和品位。

中国书法植根于传统儒、释、道文化这片博大精深的沃土，天人合一，物我两忘，近乎道而游于艺，是书法也是一切传统艺术达于化境的不二法门。张道诚先生一贯强调要注重艺术形式，要提高文化品位，表情言志时，诗文内容与作品形式应和谐一致。由此不难看出他对古典的尊崇，和对书法以外传统思想文化的深刻领悟。

总的来说，张道诚先生的书法艺术创作是以儒家“文以载道”的思想指导为前提的。张道诚先生是位文人，他的才华和学识，决定了他对“文”的追求和对“雅”的向往。为了构建自己的审美理想，这些年先生对前人书论进行了较系统的研究，从米芾、苏东坡，到孙过庭、董其昌，从他们的书论、诗文乃至人生哲学，都细细咀嚼，反复论证。书画界的朋友多言张道诚先生的书画作品富有浓郁的“书卷气”。先生积学之富，自不待言，这当是他生生不息创作能力的本源所在。我们知道，“书卷气”的获得一向是文人竞相标榜的美学理想。构成“书卷气”这一审美趣味的内质，一是对“书韵”的理解，二是指文化襟怀的广博。张道诚先生当是深识“书卷气”的慧心人，平和静气的处世风范保证了他能在安闲的心态中思考、临池和创作，所以笔下的“书卷气”自然而然地显现出来。

张道诚先生之诗书为文名掩；大凡得读先生之诗文者，莫不折服于先生文笔。其文风平实、简淡，显出灵气与才情，读之使人快然而兴会。先生之文渊于情，饶于韵，入于素而出于雅，若非深得其中物理，哪得篇篇灵醒？钟惺与谭元春论诗都主张一“灵”字，如钟所论：“古人诗有以平而厚者，以险而厚者，不灵也，厚之极，灵不足言也。然必保此灵心，方可读书养气，以求其厚。”以此观照张道诚先生的书与诗，十分贴切。知行合一、“书文合意”的书家尚不多见。丰富的人生阅历，以及文化工作这一独特的职业，使张道诚先生区别于其他的书画家。他认为在书画艺术的诸多成因中，唯把心灵深处的某种感情张扬开去，方可韵随墨流，游于法外。从他的作品中，我们感到一种个性的、耐人咀嚼的笔墨韵律渐渐沉淀和弥漫开来。

三

张道诚先生具有扎实的文字功底和文艺理论修养，在繁忙的工作之余，撰写了大量诗词、通讯报道、散文、杂文等，著有诗集《诚信斋吟草》、文集《苔花如米小》及《张道诚书法集》等作品。当欣赏完张道诚先生的书法新作后，感到其艺术视野里总是充溢着对中国书法艺术宏阔又细微的人文观照，充满着对传统文化的理性把握，这些思想的情结使他总是动情而激昂地进行着自己的艺术实践，这种实践又源自先生对传统文化的炽热情感。正像熊秉明先生所说的“书法是中国文化核心的核心”，可见，若能领悟书法的真谛，也就触到了东方文化的核心。我想，张道诚先生应该是一位从宏观与微观上真正领悟书法艺术精神的文人书家。

理性地把握艺术导向固然重要，但若不与敏锐的感悟力相结合，反会成为桎梏，给艺术创作带来限制。张道诚先生的艺术创作是以感性的、顿悟式的艺术思维方式来统领其艺术实践的，而这正是优秀的文人书家所必备的素质。

温文儒雅的张道诚先生，为人热情、诚朴、谦和、恬淡，平时不事张扬，在书法圈内口碑甚佳，书友同道多乐与之往来。虽然多年来公务繁忙，还能在文艺创作上取得如此多的成果，无论政界还是文艺界的朋友，都感到惊讶和敬佩。分析其成功的必然，一是“诚”字，二是“情”字。张道诚先生那种对书画的钟情、对文学的痴情和对朋友的挚情，一直是构成他复合形象的主体。

从张道诚先生的人生经历中，我们知道他的社会观是建立在儒家的思想基础上的。对待社会，他常以“克己”“无我”“忘我”而自制，而在艺术上又有着“有我”“存我”“扬我”的亢奋精神。而对于书法艺术，张道诚先生则十分赞同“玩”的姿态。其实，若从深层上讲，书画之于“玩”是由技进乎道这一过程中的一种审美享受，是一种若即若离，收得住、放得开的美学层次上的艺术态度。书画之“玩”在于“境”，前人论述谓之“境与性会”者方成大器，中国人谈艺术，也多讲“境界”。恬淡、冲和之境从来是中国文人所欣羡的，人们欣羡了几千年，是因为这种境界在实际生活中常常是可望而不可求的。张道诚先生的书法作品之所以耐人品味，同样在于他展示一种心境；他时常书写“苟利国家生死以，岂因祸福避趋之”“两袖清风存正气，一间陋室透书香”“能与诸贤齐品目，不将世故系情怀”“任凭年华如流水，豪情依然似火烧”等佳句，对他来说，书法和文学的融通，既是艺术的探求，更是精神的找寻。我们不难在其飘逸俊秀的作品背后，感受到先生对宁静、淡泊、质朴、平和的向往，和追求心灵自然回归的精神寄托。

观照张道诚先生的书法艺术世界，其艺术的勇猛精进、人生的丰富通透与其内在的心性淡泊均十分令人称道和赞许。从他的书法作品和人生世界里，我们可以得出的结论是：人生的终极关怀，若定位在真知大智的全面获得上，真爱生命，方能通达；那么，其人生一定会发掘出无穷的潜能，并焕发出灿烂的光彩。

张道诚：墨香多雅趣，真情著文章

刘　园[1]

初夏的小雨淅淅沥沥，年过古稀的张道诚如约而至，并没有因天气原因就推迟时间。多年从政的张老腰板笔直，和蔼可亲。说起以前的朴素生活，他笑容不改，有幽默，也有自嘲。他笑言，无论何种生活，都应乐观对待，劳动也是一种乐趣，想得开就能自得其乐。

苔花开，顽强灿烂

“苔花如米小，也学牡丹开。”清朝诗人袁枚这句朴实的诗句让人读到许多感动，寄生于阴暗潮湿之处的苔藓，并没有因为环境恶劣而丧失生发的勇气，它依旧有自己的生命本能和生活意向。不知在张道诚读过此诗多久之后，将它的上半句用于自己散文集的书名，而这句诗也恰似他青春生活的一个写照，顽强并灿烂着。

---

① 《山东人》杂志记者。

张道诚1941年出生在山东省广饶县的农村，家中兄妹五人，他排行老二，为了照顾弟弟妹妹，直到十岁他才上小学。高中时代，受语文老师的影响，张道诚对文学产生了浓厚的兴趣，高考时所有的志愿都填了中文系。然而，大学的校门并没有向他敞开。高中毕业后，张道诚作为一名知识青年回到农村，此时的他没有放弃文学梦，而是尽量把自己所学的知识派上用场：帮社员写信，闲暇时为青年社员读报纸、教唱歌，成立了小图书室，还自办培训班为青年农民讲课……回乡的一年时间里，他的日子过得忙碌而充实。因高考落榜而产生的迷茫很快就烟消云散了。劳动之余，张道诚仍然坚持写诗歌、散文、小说，还不时地给各报纸、杂志投稿。一篇讲述自己从刚刚回乡时的失落到积极投身生活的思想转变的文章《农村可以大有作为》，以“金雁”为署名发表在1964年6月9日的《大众日报》上，而以金雁为笔名也正是源自张道诚对巴金和沈雁冰的崇拜，各取一字以自勉。

1963年，为庆祝《中国青年》杂志创刊四十周年，办了一次展览。邓颖超同志观展后，向周恩来总理介绍了情况。周恩来亲自看过展览后发表了一个讲话，提出《中国青年》的办刊方针，要“面向农村，兼顾城市”，可以扩大二十个编制，从熟悉农村情况的团干部中选调。1964年，山东省从全省抽调五百名农村团支部书记到省团校进行为期一年的培训学习，时任村支书的张道诚就是其中之一。毕业后，团省委留下十几位同学，张道诚同其他三位同学一起调往共青团中央。这个来之不易的机会让同学们羡慕不已，张道诚自己也非常珍惜。从此之后，这个如苔藓般顽强坚韧的生命经过基层的成长与训练已经含苞待放，并且随着时间的增长愈加灿烂。

忆往昔，峥嵘岁月

1965 年，张道诚担任《中国青年》文艺组的编辑、记者。年轻气盛的他对工作有着极高的热情，尽管工作很忙，每天都加班到深夜，可是繁忙带来的不是疲惫，而是满足和幸福感。在以报纸杂志为主要传播媒介的时代，《中国青年》杂志社每天都能收到几麻袋的来稿。阅读来稿，看总编改稿子，对张道诚来说不仅是一个好的学习机会，还潜移默化地对个人文学修养有了不小的提升。

现在的记者采访工作虽不轻松，但得益于便利的交通，解决了很多问题，而 60 年代却有着重重阻碍。1966 年 6 月，张道诚获得了一次单独出去采访的机会：到河北省正定县采访一位女青年，报道她组织宣传活动，占领农村文化阵地的事迹。张道诚从北京坐火车到石家庄附近下车，再坐汽车到正定县。下火车的时候天已经黑了，没有到正定县的汽车，又下着雨，黑夜中他步行五十多里才到村里。第二天，他采访了那位女青年，还有她的几位朋友和村干部，夜里在老乡家炕头的灯下，张道诚完成了七千多字的长篇通讯。在核对了事实并征求意见后，他坐上火车返程。

1966 年，“文化大革命”爆发，团中央改组，作为机关刊的《中国青年》杂志被迫停刊，并且一停就是十多年。1969 年，张道诚和很多团中央的干部一起被下放到河南省潢川县的五七干校劳动。犁地、插秧、割麦子，对农村出身的张道诚来说，这些农活儿根本难不倒他。在劳动之余，他仍坚持读书和写作。

1978年10月12日，《人民日报》和《中国青年报》同时刊登了一篇长篇通讯《暴风雨中的海燕》，讲的是北京手表壳厂青年贺延光带领群众到天安门广场悼念周总理、反对“四人帮”的事迹。这篇文章的作者之一就是张道诚。文章完成后，很长时间不能发表，等到为“天安门事件”平反时，这篇文章已见报一个多月。

与此同时，张道诚还直接参与了《中国青年》杂志的复刊工作。“杂志社对复刊号很重视，请聂荣臻、徐向前等领导人题了词，刊发了题为《春风吹又生》的复刊词，还选登了天安门诗抄。”复刊号的毛本出来后，送给当时分管团中央工作的领导同志审阅。张道诚还记得，在人民大会堂的新疆厅，这位领导和团中央临时领导小组及《中国青年》杂志社的同志谈了五个多小时，张道诚负责会议记录。“领导批评说，怎么没有华国锋主席的题词？‘天安门事件’还没有平反，就登诗抄，怎么能发行呢？发出去的也要收回来。”后来，那本复刊号还是有少量在北京传阅，有的青年偷偷地将杂志撕开，贴在西单的墙上，这就是曾经轰动一时的“西单民主墙”最早的来历。

1980年，团中央成立了文体部，下设科技、文艺、体育三个处，张道诚从《中国青年》杂志社调任文艺处任处长。1983年文体部撤销，张道诚转任团中央统战部副部长，兼全国青联副秘书长。在工作中，张道诚仍然以积极的热情，组织了很多演出活动，搞书画展览。1984年夏天，统战部在内蒙古海拉尔的呼伦贝尔草原召开了一次少数民族地区团的工作座谈会，邀请了很多少数民族地区的团委书记谈各地团的工作情况，胡锦涛作为当时的团中央书记处第一书记也参加了会议。“白天开会，大家畅所欲言，气氛非常热烈，晚上还有联欢活动，大家一起唱歌跳舞，我到现在都记忆犹新。”前几年，张道诚和当年一起工作的伙伴在内蒙古自治区相遇，大家聊起那次会议，还觉得十分亲切。

1985 年，张道诚离开了团中央，调到全国政协工作。之后，他换了几个岗位，曾在外事局、管理局和秘书局担任局长等职务。1996 年，张道诚任全国政协副秘书长，分管教科文卫体委员会、社会和法制委员会、民族和宗教委员会三个办公室和联系各民主党派，之后又分管提案委员会办公室和秘书局工作。2002 年 6 月从副秘书长岗位退下来后，任全国政协港澳台侨委员会副主任职务。这个时候，他结交了许多海外侨胞朋友。

笔墨香，慈悲为怀

如今，作为中慈国际交流中心理事长的张道诚，刚从慈善总会副会长的位子上退下来，仍然生活得积极、忙碌而充实。除了写作之外，书法也相当有造诣，数年的专攻和名师指点，他已经取得了不小的成就，他加入中国书法家协会，就是启功和刘炳森介绍推荐的。有时间就临帖，没时间就读帖，一动一静之间对书法有了深刻的体悟。如今他临《兰亭集序》已经六十遍有余，但仍旧不厌其烦地从中寻找乐趣。对于书法，张道诚也有对自我的要求：“书法是艺术品，具有教育和收藏的功能，要让它具有现实意义，必须得让人看懂。”于是，他的作品多是取材大家耳熟能详的古典诗词和名家名句，书体也是处在行书与楷书之间，既有行书行云流水般的洒脱，又有楷书的端庄秀丽。

2006 年，还没正式退休的张道诚，和一批喜欢书法的朋友成立了“北京世纪名人国际书画院”，并担任院长一职。书画院的宗旨是：“依托名人，培育新人；服务社会，创立品牌。”书画院并非形同虚设，而是在发挥着它的社会职责，团结了一批年轻书画家，默默地为文化大繁荣发展做着切实的工作。2012 年，为了响应中央“走转改”的号召，张道诚的书画院搞了四五场活动，在书法家李铎先生带领下，去了北京奥运村的街道办事处写字作画，到昌平农村，把字画送到农民的家中。今年春节前，书法家们去了北京军区新兵营，给战士写字画画；春节后，去了首钢，给工人们写字作画。不久之前，他们还去了北京特警学院、礼炮部队等，开展送字画等交流活动。这不仅给不同的团体带去了浓浓的文化气息，也增强了书画院的生命力。

“达则兼济天下”，张道诚还热衷于慈善事业。2007 年，张道诚成为中华慈善总会的副会长，并结合书画院，针对救灾扶贫，捐赠了大量的字画。近年来，书画院给中国扶贫基金会和中华慈善总会各捐赠了三百多件书画作品，为汶川地震灾后重建等事业付出了努力。

欣赏张道诚的诗集，律诗的工整严谨有之，词的秀丽婉转亦有之，再以其独特的书法笔墨表达更是别具趣味，褪去一切拘谨和限制，他的打油诗和顺口溜也耐人寻味。远离了案牍之劳形，回归了平静而又恬淡的生活，在他飘满墨香的书斋，人生的真谛似是已被至真无邪的童趣解读。

张道诚——诚信斋中有墨香

顾　磊[①]

进门的时候，张道诚正在整理刚写出来的几幅行草，办公室里墨香飘荡，笔画飘逸。

这几幅行草是《沁园春·雪》《水调歌头》《精气神》《黄鹤楼》，四尺六尺不等。张道诚说，他准备将这几幅字寄给云南曲靖，当地正准备搞一个慈善拍卖，这几幅字就当捐赠了。

七十二岁的张道诚身材高大，精神矍铄，颇有亲和力。他笑谈，原来也曾在舞台上“张牙舞爪”，现在退休了，“就是个老百姓”。

实际上，退休后的他反而更忙碌。书法、慈善、锻炼、社会活动，等等，一点都没闲着。他自己有诗为证：闲赋犹忙慈善事，饮将余热再放光。

“写着玩儿”也是境界

张道诚练书法完全是一种随性的心态，他经常用宣纸里面粗

---

① 《慈善》杂志记者。

糙一点的纸写，或者干脆用毛边纸，就是为了写着玩儿，“有时候纸好了反而写不好”。

他对书法感兴趣是在上世纪六七十年代。那时，他在《中国青年》杂志社当编辑、记者，后来调到团中央。

“文化大革命”期间，张道诚经常抄写大字报，用毛笔抄写十分锻炼人，“抄来抄去，就爱上写毛笔字了”。

1985 年，张道诚调到全国政协，接触的书画家和名人很多。看他们写，他自己也来劲了。“全国政协有一个书画室，主任是启功，我跟他学；刘炳森以前是青联的常委，也经常指点我。”

启功、刘炳森等大家经常研墨挥笔，张道诚有机会在现场亲自观摩，这无疑是最好的教学，“经常在一起看他们写字，跟他们铺纸、吸墨，学习布局和章法，这和我们自己去悟是不一样的”。

那时候，张道诚工作忙，有时间临帖，没时间就读帖。他临的是王羲之的《兰亭集序》。

2009 年，张道诚正式退休，写字的时间多了起来，他不停地临摹《兰亭集序》，在写的过程中，有时候加点草书，或者加一点楷书。“人家说不临一百遍以上没有发言权，我现在可能临了六七十遍了。”

闲时，张道诚自己在写，安安静静地写，他说这样容易出好的作品。他的作品从来不卖，相熟的亲友，看中了就拿了去。

“为啥我写字不卖呢？因为我这是写着玩儿的，人家专业从事书法的是靠这个挣饭吃的，我不能去跟他们抢。”张道诚说，“退休后，应该有一个好的心态，就是找一个事干。”

不过，张道诚对书法有自我要求："你要写得让人家认识。书法是艺术品，有教育和收藏的功能，要有教育意义，就要让人看懂。我现在多数写的是古典的诗词，名诗名词名句，人家都熟悉。"

书画界的活动家

2006 年，还没正式退休的张道诚和一批喜欢书法的朋友成立了"北京世纪名人国际书画院"，张道诚是院长。

这个书画院的宗旨是"依托名人，培育新人；服务社会，创立品牌"。

书画院院长算是张道诚本人的一个社会职业，这可不是一个虚职，它让退休后的张道诚忙碌不已，不停地"余热再放光"。

张道诚和书法家朋友们每年都要办一个精品书画展，有的展览还要结合重大事件，比如中华人民共和国成立六十周年、中国共产党成立九十周年，等等。这些展览发挥着张道诚强调的"教育意义"。

此外，他还组织书法家过春节给老百姓写对联，组织院士去福建等地采风，写字画画。

去年，响应中央"走转改"的号召，张道诚的书画院搞了四五场活动，去了北京奥运村的街道办事处写字作画，著名书法家李铎还给北师大的朝阳分校讲书画课。此外，还去了昌平区的农村，送字送画到农民家。

今年春节前，张道诚带着书法家们去了北京军区新兵营，给战士写字画画；春节后，张道诚一行去了首钢，给工人写字作画。今年，还去了北京特警学院、礼炮部队等机构，开展送字画等交流活动。

张道诚说，书画院很正规，经常开院长办公会，还设立了副院长、秘书长等职位，活动比较多，“北京的书画院多如牛毛，你要不活动就没有生命力”。

张道诚在其中不仅充当一个社会活动家的角色，他还认为，自己是一个学习者。“这些活动对我的书法有很大的促进作用。好多人都是专业的书法家，而我是业余的。”

忙慈善，闲不下来

除了书画院，张道诚还忙于慈善事业。

2007 年，他成为中华慈善总会的副会长，尽管不驻会，但他每周仍去总会办公。他对慈善工作充满热情，只要有活动，他必参与，用他自己的话说，是“随叫随到，指到哪打到哪”。

张道诚创办的书画院，针对救灾扶贫，捐赠了大量的字画。他说，近年来，以笔会的形式，书画院给中国扶贫基金会和中华慈善总会各捐赠了三百多件书画，为汶川地震灾后重建等事业付出了努力。到中华慈善总会工作后，张道诚也弄了一个书画工作委员会，这几年他和书法家们给各个地区的慈善活动提供了一些作品作为支持。

因为参与慈善活动比较多，张道诚经常出差。采访的第二天，他要去上海，回来后又要去山东。

“我老伴说，你比上班还忙。我也是那种一直停不下来的人，觉得闲下来反不太好。”张道诚说。

健康应是头等事

“健康应是头等事，莫让岁月付水流。”这是张道诚自己写下的诗句。

尽管忙碌，张道诚仍注重健康，生活安排得井井有条。他首要的任务是慈善工作，每个礼拜会有三个半天前往西单二龙路附近的中华慈善总会上班。此外，他还是中慈国际交流中心的副理事长，会拿出一部分时间在位于建国路的办公室上班。

每个礼拜，他会进行三到四次游泳，每次游泳三十到四十分钟，游泳距离约为一千米，然后洗澡，回家吃饭。

每天早上五点，张道诚起床练字，然后出去溜达一圈，“将买早点与散步结合起来”。七八点吃早餐。中午如果有条件，要睡个小觉。晚上也比较有规律，“看新闻、看书、写字，有时候还写点诗”。小时候，张道诚体质弱，老是生病，三十岁以前只有一百零四斤，身高一百七十六公分。如今，他的体重在七十三公斤左右浮动，血压在正常范围，血糖、血脂、转氨酶等都正常。“身体不能说越来越好，还能说得过去。”他没有抽烟的习惯。至于喝酒，偶尔朋友聚会可以喝一点，但不喝醉。“世事往往不如意，但心态要好。”他说。

大好河山已在胸中

退休后的张道诚每年都有几次出游的机会，或是因为全国政协机关组织的活动，或是书画院出去采访。对于旅游，张道诚有自己的观念。退休之前，他认为，工作的时候要拼命干，干完了工作，可以看看祖国的大好河山。因此，全国各地，除了台湾省，这几十年下来，他基本都去看过了。如今，张道诚每年都有十天的休假，可以带家属出去，加上出去采访，他会带着家人去一些地方。“上哪去让老伴选，大部分地方我都去过，先满足家人。”

写“打油诗和顺口溜”的兴味

张道诚还有一个身份，他是中国作家协会会员。与这个身份相称的是一批作品。早在 2002 年，他就出版了一本诗集，叫作《诚信斋吟草》，里面收录了他的一些诗歌作品。同年，还出版了一本《苔花如米小》，其中大部分是散文，还有一些报告文学。2002 年，张道诚从全国政协副秘书长的位置上退下来，在港澳台侨委员会当副主任，没有过去那么忙了，他就利用一些闲暇时间来整理自己的文稿。2007 年，张道诚出版了一本《难忘的记忆》，其中有二百来首诗词歌赋，也有散文，里面有很多文章写的都是师友亲人。其中，写了启功、刘炳森、韩美林等一些名人。“我在他们身上受到了很多教育和启发，将这些通过文字的形式记录下来，算是纪念，也算是回忆录。”张道诚说。同年，张道诚还将自己1960到1966年的日记整理出来，编了一本五十多万字的书。如今，他已经不写回忆录了，日记也不记了，他在整理自己的第三本诗集，主要内容是纪游、随感、节庆短信等。闲暇时，他会写一些诗词歌赋，以此自娱。这些诗词歌赋，他自嘲是“打油诗和顺口溜”，读起来朗朗上口，其中包含着他自己的一些生活态度、晚年心态、所思所想和人生智慧。在一首《无题》中，他描述了自己的晚年心态：“无愁无忧无烦恼，有吃有穿有劲头。亲朋好友离岗位，儿女不用费心愁。晨起一杯温开水，午睡再忙不能丢。一日三餐粗细配，笑口常开随时有。健康应是头等事，莫让岁月付水流。”也有对社会问题的思考：“政声退位后，民意闲谈中。物价逛市场，口碑问百姓。马路仍嫌窄，房价又飙升。骗子闯进门，电话行骗凶。何时正压邪，江山永安宁。”对于自己退休后的生活，他有一种宁静的心态：“远离案头无忧伤，诚信斋中有余香。笔底生花春满园，岁岁朝朝吐芬芳。”这些诗句，都是偶发，有一种真性情的流露，他用钢笔记录在笔记本里，写下日期，既是人生记录，又是一种娱乐。“应该说退休以后，生活还是丰富多彩的，很忙碌的，自己也挺高兴的。”他说。

张道诚——难忘的记忆

陈 晰①

“一个二十多岁的青年，经过四十多年，已经变成老头儿了。然而我觉得自己还像年轻人一样活蹦乱跳，朝气蓬勃。我在共青团中央工作了二十多年，天天同青年朋友打交道，也许正由于此，我仍感觉自己还不老，不知老之将至……”在回忆录里，张道诚这样记录他的心情。

张道诚说自己平生有两大爱好：一是结识朋友，二是舞文弄墨。从早年在《中国青年》杂志社任编辑、记者，到团中央、全国青联，再到全国政协四十多年的工作生涯中，爽朗、热情的性格使他结识了不少好朋友。而“舞文弄墨”的爱好则一直伴随他至今。当初，也正是这个爱好改变了他一生的命运。

坐“直升机”到北京的农村青年

张道诚1941年出生在山东省广饶县的农村，小时候家境贫

① 《中华儿女》杂志社记者。

寒，他十岁才上小学。高中时代，受语文老师的影响，张道诚爱上了文学，高考时所有的志愿都填了中文系。可是，大学的校门并没有向张道诚敞开，高中毕业后，作为一名知识青年，他回到了农村。虽然大学梦破碎了，可他从未放弃自己的文学梦，在劳动之余，他仍然坚持写诗歌、散文，还时不时给各大报纸、杂志投稿。

当时，高中毕业的张道诚可以算是村里的“秀才”了。他尽量把自己所学的知识派上用场：帮社员写信，干活休息时为青年社员读报纸、教唱歌，成立了小图书室，还自办培训班为青年农民讲课……回乡的一年时间里，他的日子过得忙碌而充实。当初因高考落榜而产生的迷茫很快就烟消云散了。他写了一篇《农村可以大有作为》，讲述了自己从回乡时的失落到积极投身生活的思想转变，这篇署名为“金雁”的文章后来发表在 1964 年 6 月 9 日的《大众日报》上。

因为积极活跃地为农村青年做事，张道诚被选为村里的团支部书记。“这可是我在团系统里担任过的最高职务了。”他笑着调侃。

1964 年，山东省团校为培训基层干部，选出五百名农村的团支部书记到省团校进行为期一年的学习，张道诚也是其中之一。在团校期间，一边搞“四清”运动，一边学习团的知识和业务。“辅导员都是团县委来的干部，大家一起上大课、讨论问题，非常务实。这一年，我学到了不少东西。”

临近毕业时，《中国青年》杂志社在山东省团校组织了一个座谈会，主要目的是选拔人才。1965 年 11 月，张道诚同其他三位同学一起调往共青团中央。

“当时，和我一起分配到《中国青年》杂志社的还有赵喜明、杜伯和。”张道诚回忆说，“在《中国青年》杂志社工作的时候，我们住一间宿舍，我们曾一起到五七干校劳动，后来我和赵喜明又陆续调到全国政协工作。我们开玩笑说，我俩在一起的时间比和夫人在一起的时间还长呢。”

一个最基层的农村青年能到团中央的机关刊工作，又是从事自己喜爱的文字编辑工作，张道诚非常珍惜这个来之不易的机会。“当时，很多朋友、同学都觉得我很幸运，他们给我打电话说，你是坐着直升机飞到北京去的啊。”

后来，张道诚方知道自己进杂志社的历史原因：1963 年《中国青年》创刊四十周年，办了一次展览，邓颖超同志去看了，回去后跟周恩来总理介绍了情况。周总理也亲自去看了展览，之后还发表了一个讲话，提出《中国青年》要“面向农村，兼顾城市”。当时杂志社的领导跟总理汇报了工作，说缺乏熟悉农村情况的编辑人员。周总理说，可以扩大二十个编制，从熟悉农村情况的团干部中选调。“这样，我作为熟悉农村工作，又有文字特长的农村团干部，被选中了。”

采编生涯

二十三岁的张道诚担任文艺组的编辑，热爱文学的他对这份工作特别有兴趣，虽然工作很忙，每天都加班到深夜，可是他觉得很幸福。“每天都能收到一麻袋的来稿，阅读来稿，看总编怎么改稿子，对我来说都是学习的机会。”在阅读来稿的时候，张道诚还看到过一篇自己的作品。“那是原来我写的歌词，我的一个同学谱成了曲，投了过来。”作为编辑的张道诚眼光自然和原先不同了，“当时第一感觉就是，怎么这么幼稚的东西也敢投”。

1966 年 6 月，张道诚获得了一次单独出去采访的机会：到河北正定县采访一位女青年，报道她组织宣传活动，占领农村文化阵地的事迹。这一次采访，他的印象很深刻：从北京坐火车快到石家庄时下车，再坐汽车到正定县。可下火车的时候天已经黑了，没有到正定县的汽车，又下着雨，他步行了五十多里才到村里。他采访了那位女青年，又采访了她的几位朋友和村干部，夜里在炕头上写成了七千多字的长篇通讯。回来后，社领导认为稿件写得不错，发表时还加了“编者按”。

1966 年，“文革”开始了，团中央改组，作为机关刊的《中国青年》也停刊了，这一停就是十多年。

1978 年 10 月 12 日，《人民日报》和《中国青年报》同时刊登了一篇长篇通讯《暴风雨中的海燕》，讲的是北京手表壳厂青年贺延光带领群众到天安门广场悼念周总理、反对“四人帮”的事迹。这篇文章的作者之一就是张道诚。“1978 年 5 月，我和《人民日报》的记者去采访了他，但是文章很长时间内一直不能发表，一直到这篇文章见报的一个月之后，才宣布为‘天安门事件’平反。”

与此同时，张道诚还直接参与了《中国青年》的复刊工作。“杂志社对复刊号很重视，请聂荣臻、徐向前等领导人题了词，刊发了题为《春风吹又生》的复刊词，还选登了天安门诗抄。”

复刊号的毛本出来后，送给当时分管团中央工作的领导审阅。

张道诚还记得，在人民大会堂的新疆厅，这位领导和团中央临时领导小组及《中国青年》杂志社的同志谈了五个多小时，张道诚负责会议记录。“领导批评说，怎么没有华国锋主席的题词？天安门事件还没有平反，就登诗抄，怎么能发行呢？发出去的也要收回来。”

后来，那本刊号还是有少量在北京传阅，有的青年偷偷地将杂志撕开，贴在西单的墙上，这就是曾经轰动一时的“西单民主墙”最早的来历。

和耀邦同志学唱样板戏

1969 年，张道诚和很多团中央的干部一起，被下放到河南省潢川县的五七干校劳动。犁地、插秧、割麦子，对农村出身的张道诚来说，这些农活儿都难不倒他。夜深人静的时候，他还是会点着煤油灯，一边赶着肆虐的蚊子，一边写诗、写日记。

当时任团中央第一书记的胡耀邦也在同一所干校劳动。“他和大家一样，插秧，割草，用小车拉石头，参加防汛抢险……每到天气突变，即将下雨的时候，他和大家一起抢收，用双肩扛起五十多公斤重的麻袋，什么苦活儿、累活儿他都干过。”

耀邦同志待人随和，也给张道诚留下了深刻的印象。“我记得有一次外出割稻子，一个工人和他开玩笑，拍着他的肩膀说，老胡，我个子比你高，你应该叫我大哥。耀邦同志笑呵呵地说，我比你年龄大，你应该叫我大爷。”

干校的劳动强度很大，可耀邦同志近六十岁的人却坚持夜读。夏天室内闷热，年轻人都到屋外扇着扇子乘凉聊天去了，耀邦同志独自在蚊帐里，点上小马灯，戴上老花镜，读马列选集、毛泽东选集。

“有时候，他也会自己看着词曲，唱样板戏，‘一路上，多保重……’他唱得有板有眼，我也跟着他学上几段。

“前几年去江西的时候，我曾经到鄱阳湖边他的陵园去拜祭他。他的墓碑上刻着少年先锋队队旗、团旗和党旗，先后担任过这三个组织最高领导职务的，唯耀邦同志一人。”

“共青团、青联岗位的工作让我一生受益”

1980 年，团中央成立了文体部，下设科技、文艺、体育三个处，张道诚从《中国青年》杂志社调文艺处任处长，主要工作是负责团内的青少年活动和青少年宫的建设。1983 年文体部撤销，张道诚转任团中央统战部副部长，兼全国青联副秘书长。

在文艺处的时候，张道诚一年要办几次文艺演出。“我们曾经和中央电视台文艺组联合搞相声晚会，在工人体育馆举办，一般都是连演三场，场场都是掌声、叫好声不断。那时候，参加演出的演员像马季、姜昆、李文华、唐杰忠、冯巩、刘伟等，一场的演出费是五十块钱。”

文艺处还有一个重要的工作，就是向全团推荐一些优秀歌曲，那时候很多青年耳熟能详的“流行歌曲”都是经过团中央的推荐传遍大街小巷的。

“有一次，中央电视台文艺组的同志在安徽观看一场演出时，听到了一首新歌《在希望的田野上》，觉得作词、作曲都非常好，但是演员唱得不是很好。”后来，中央电视台和团中央等单位的人商量，想要重新找歌手来演唱这首歌曲，中央电视台推荐了当时在中国音乐学院学习的彭丽媛。

后来，这首歌经彭丽媛演唱后，文艺处印制了大量歌片，录成盒带，向基层的团组织发放。除了这首脍炙人口的《在希望的田野上》，还有《金梭银梭》《年轻的朋友来相会》等歌曲，也都是通过团中央推荐而“火”起来的。

在团中央统战部和全国青联秘书处工作时，张道诚仍然以他积极的热情，组织了很多活动，搞书画展览，与中国美协共同组织全国第二届青年美展，组织演出，包括到沙漠的导弹基地去慰问部队官兵。“那时候关牧村、施光南等都是青联委员，虽然有时候演出的环境艰苦、条件简陋，但青联的活动他们都无条件支持。”

张道诚还记得，1984 年夏天，统战部在内蒙古海拉尔的呼伦贝尔草原召开了一次少数民族地区团的工作座谈会，邀请了很多民族地区的团委书记谈各地团的工作情况，胡锦涛作为当时的团中央书记处书记也参加了会议。“白天开会，大家畅所欲言，气氛非常热烈；晚上还有联欢活动，大家一起唱歌、跳舞，我到现在都记忆犹新。”前不久，张道诚和当年一起工作的伙伴在内蒙古自治区相遇，大家聊起那次会议，还觉得十分亲切。

“一个人在年轻的时候，做过共青团、青联的工作是一生都很难忘记的。直到现在我和青联的感情还是很深。全国青联的活动找我，我都去参加。那时候结交的一批老朋友像杨乐、韩美林、刘长瑜、李谷一等，直到今天还时常联系。”

张道诚说，那时候常说，做团的工作要有“橡皮肚子、飞毛腿”。“因为要联络很多人、很多单位搞活动，就要多跑腿，有的时候真是腿都跑细了；还要心胸宽广，能容纳不同的意见。”

1985 年，张道诚离开了团中央，调到全国政协工作。“我离开团中央统战部的时候，《中华儿女》杂志正在筹备创刊，可惜我没有参与上。不过，现在我还是中华儿女理事会副理事长。”张道诚笑呵呵地对记者说。

调到全国政协工作后，张道诚先后换了几个岗位，外事局、管理局和秘书局，他都做过局长。

1996 年，张道诚任全国政协副秘书长，分管教科文卫体委员会、社会和法制委员会、民族和宗教委员会三个办公室和联系各民主党派，之后又分管提案委员会办公室和秘书局工作。2002 年 6 月从副秘书长岗位退下来后，任全国政协港澳台侨委员会副主任职务。这个时候，他结交了许多海外侨胞朋友。

能胜任这样艰巨的工作，张道诚说，自己很得益于当时在团中央工作时给他的锻炼。“在团的大熔炉里经历过锻炼，给了我发挥才能的机会，使我的组织能力、活动能力、协调能力都得到很大的提高，也为我在政协工作打下很好的基础。”

现在，任中华慈善总会副会长的张道诚仍然生活得积极、忙碌而充实。除了写作之外，他还多了一个爱好：书法。这个爱好是当初“文革”期间抄大字报培养起来的，经过数年的专攻，已经取得了不小的成就，他成为中国书法家协会会员，书法作品多次在国内外参展。近日他创作了一幅长达十三米多的《奥运赋》书法长卷，作为对 2008 北京奥运会的献礼。在这位年逾六旬的老团干身上，看不到沧桑，你能感受到的，是青春的热情和一颗年轻的心。

在阳光下快乐地行善

作为中华慈善总会副会长、全国政协委员、政协第九届全国委员会副秘书长，张道诚是一位慈善工作的热心参与者，他还同时兼任中国扶贫开发协会的顾问。

张道诚在担任政协第九届全国委员会副秘书长之后负责港澳台侨工作，同时他还是中国作家协会、中华诗词学会和中国书法家协会会员。作为中华慈善总会副会长，对他来说意味着可以把更多精力投入到慈善事业中来。在当选新一届中华慈善总会副会长之后，张道诚表示自己将在慈善总会副会长的岗位上充分发挥自己的强项优势，促进慈善事业蓬勃发展。在能帮助到更多需要帮助的人的同时，大力宣传慈善事业，将中国的慈善事业推到一个新的高度。

张道诚说：“以前本职工作繁忙，精力和财力有限，无法更多地投身慈善事业，自己所做的只是表达了自己的一点心情而已。自从在中华慈善总会担任职务后，就可以专心去帮助那些需要帮助的人了，将自己更多的精力和时间投入到慈善事业中来，我一定要认真履行职责，为中国慈善事业的发展尽自己的绵薄之力。”

对于如何组织并开展慈善事业的问题，他提倡快乐慈善，引导大家在快乐中行善。张道诚说：“多年来，我交往了一大批书画家朋友，还有很多海外的朋友。为此《人民政协报》还刊登过我的一篇文章《我和我的海外朋友》。在我从事了慈善领域的工作之后，很多海外的朋友都向我表达了希望为慈善事业做些贡献、投身慈善事业的想法。我觉得，要尽可能引导他们，通过书画笔会或者其他方面的活动，让大家在快乐中感受慈善的文化氛围。”

张道诚提出，自己是一名专业的慈善工作者，而专业慈善工作者的使命就是要努力把慈善事业办成真正的阳光工程，通过公开、公正、合法、合理、透明的运作，让大家看得见、摸得着，而且都愿意去做，让先富起来的人愿意帮助后富起来的人，消除社会上“为富不仁”和“杀富济贫”等不良的观念，让大家在开心中体味慈善事业的快乐。

政艺双馨，墨趣天成

——记全国政协原副秘书长、书法家张道诚先生

孙瑞祥[①]

记得去年1月份，我接到来自北京的邀我出席中国公益慈善活动的请柬。见是公益活动，我欣然前往。这次活动虽然规模不大，但很有意义，让与会者了解到了公益慈善活动走进民间的一条可借鉴之路。活动结束后，我拜访了神交多年、亦师亦友的全国政协原副秘书长、中华慈善总会副会长张道诚先生。当我的车子到达北京太平桥大街23号的全国政协大楼前时，秘书将我引领到张道诚先生的办公室，见到了我久仰的张道诚先生，心里自然十分高兴。张先生十分热情地接待了我。他待人随和，平易近人。我们的话题很快就聊到了文化艺术方面上来。先生讲道："文化是综合国力的软实力体现，是国家稳定发展的精神前提。中华民族的复兴，不仅是经济的崛起，还必须有文化的振兴，才能兴国兴邦。"先生的一番话让我着实激动不已。先生是一位工

① 《书画市场报》记者。

作繁忙的政协领导，政务之余仍坚持临池，且在书法艺术上达到如此高度，确实让人敬佩！多年来，张道诚先生也一直在默默地支持着我们《书画市场报》艺术事业的发展，令我们十分感动。

交谈中，知识渊博的张道诚先生对书法发展史谈了他独特的见解，也让我受益匪浅。先生说，我国的文字史伴随着我国的文明史早已在公元前三千多年前的新石器时代就产生了。文字虽是人类进化中传递信息的符号，但经历了相互融汇、相互交流，又使其独具艺术的魅力，并潜移默化地让人们对文字产生了敬畏和崇拜。历代称世之作非但书写得法，且都是作者心迹的昭彰。汉字在“阴阳”中达到对立统一，表现出和谐完美的形态。“一阴一阳之谓道”的理念已植根于汉字的结构里，其实人与汉字的阴阳变化殊途同归，相互辉映。唐太宗李世民曾云：“夫字以神为精魂，神若不和，则字无态度也。”“以心为筋骨，若心不坚，则字无劲健也。”王僧虔《笔意赞》中“书之妙道，神采为上，形质次之，兼之者方可绍于古人”的论述，都表达了字贵在有神的意思。如今不懂技法者多，只求形似，照猫画虎必是枉费一生。人作为天地间万物之灵，阴阳无所不在。传说仓颉之造字，是以人与物为基点，取象于天之所覆，地之所载。使文字取象与宇宙万物之间建立了相互契合的通道，从而取象、取意、取形、取势、取美。这既是建立在对世间万物的观察基础上的创造，又是汉字从构成时就建立在象形会意与宇宙生命变化的情感表现，它因此才会以其独特的内涵，屹立于世界艺术之巅。

先生作为《书画市场报》的艺术顾问，对本报的工作一直十分关心。临别之时，先生铺纸挥毫，以“雅怀深得花中趣，妙思时闻笔里香”的墨宝相赠，并期待《书画市场报》继续拓宽市场多做贡献。

自订大事年表（1941—2020）

1941 年（农历辛巳年）

10 月 16 日（农历八月二十六日）出生于山东省广饶县城关区北高村，乳名“桓台”。父亲张致钦，母亲殷桂兰。父母都是农民，没上过学，不识字。兄道训，此时已三岁。

1944 年（农历甲申年）3 岁

10 月 22 日（农历九月初六），大妹秀华出生。

1947 年（农历丁亥年）6 岁

2 月 21 日（农历二月初一），二妹秀荣出生。带大妹玩耍，并开始去坡里割草喂牲口。

1949 年（农历己丑年）8 岁

8 月 21 日（农历七月二十七日），三弟道福出生。继续带孩子并做些农活。参加儿童团。

1951 年（农历辛卯年）10 岁

入书本李小学读一年级，老师景以林，通音律，能拉胡琴。二年级时在南高小学，老师成季鲁，毛笔字写得好，我们中午练写毛笔字。

土地改革，家中定为贫农。这时我与兄闲时上学，农忙时回家干活。

1953 年（农历癸巳年）12 岁

兄十五岁参军，作为志愿军，准备入朝作战，后停战，未出国。第一次外出，母亲常想念、流泪。我喜欢读书，借了不少书，在晚上母亲纺线时读给她听，以解母亲思儿之苦。

1955 年（农历乙未年）14 岁

小学升五年级，报考阜城店高级小学，招生五十余人，考第一名。

班主任聂绍宪，高个子，喜画兰草，鼻子有些堵，发音囔囔的，过去曾是国民党县政府议员，文学功底好。他教语文课，我学得较好。每两周一次作文，一次日记，均用毛笔写。作文每隔一周讲评一次。按分数高低排列。每次讲评聂老师都大声念出："第一名，张道诚……"在老师的鼓励下，我渐渐喜欢上文学。

我喜欢体育，高小二年，任学生会体育部长，经常打篮球，结识了许多同学。购买了第一部字典《四角号码》，很快认识了许多字，字典至今还保留着。

1957 年（农历丁酉年）16 岁

六年级毕业升初中，报考广饶第一中学。从阜城店高级小学只录取二人，副取一人（我同赵庆昌为正取）。

广饶第一中学位于县城西关老当铺大院。我被编列七级一班。因家中没有经济来源，不能住校，只好住在县城六村二姑家中，来回走读。直到新校舍建成后住校。

1958 年（农历戊戌年）17 岁

“大跃进”，提出“超英赶美”“小麦亩产二十万斤”“大炼钢铁”等。学校基本不再上课，白天翻地，晚上去炼铁。都是从家里找来的钉子、锤子、破锅等，砸碎后去冶炼。

假期我与高可久去四宝山送瓦缸面（用破缸磨成的粉面，用作炼铁的炉膛），一头驴驮着一布袋，有二百多斤重。从北高出发，当晚住在金陵镇。驴子因驮得太重，倒在地上起不来。我们从公共食堂里带的糠窝窝头，白天热，晚上吃时已经酸腐抽丝。

学校种高产小麦，根据麦插黄泉的理论，土地深挖一丈二，然后一层土一层肥填上，地面以上堆成梯形，以扩大种植面积。根据麦分九头，一穗九粒，一棵九穗，计算出一亩可收二十万斤。我参与了全过程劳动。收麦时我过秤，共收小麦六百八十斤，在当时也是产量最高的了。

我因在“大跃进”中边翻地边从口袋里掏出凉地瓜吃，致使得了胃病，经常胃痛。

1959 年（农历己亥年）18 岁

初二下学期和初三上学期，我一直是班里的学习委员，在班里有一定的威信，因此在民主选班长时当选班长。在校内参与板报的编写和编辑工作。孙永秀、曹云彩、刘秀芹、张茂荣、郭春香、杜志远、李云亭、商玉英等都是同班同学。

1960 年（农历庚子年）19 岁

初中毕业面临升学。当时因家中生活困难，弟妹都上小学，想毕业后升师范，可早工作，以补家用。后父亲认为我还是升高中，一心想让我上大学，随之改志愿升高中。

录取本校高中，编在五级四班，与刘凤源、张炳军、张玉荣、孙永秀在一个班。班主任张传策，他是教语文课的，使我更加喜欢文学。初中同年级的一些同学，一部分升高中，一部分上了师范，师范学校在石村。

1961 年（农历辛丑年）20 岁

国家的经济遇到了困难，群众生活十分困难。学校也不能正常上课，经常停课去搞生产。我的日记已经坚持了一些时日，也想练习写作提高自己，如果能有稿费收入，那就更好了。因此，在业余时间我拼命写东西，写小说、诗歌、读后感、观后感等，也多处投稿，但皆石沉大海。

在“民以食为天，吃饭第一”的要求下，学校操场也种上了庄稼。我们在半饥半饱中学习、劳动和成长。身体经常生病。11月还在博兴农场劳动。被选为班学习委员。

我大姑七十多岁，在本月去世，我十分悲痛，上小学时我还经常住在她家。我撰联和写诗，哀悼姑母：“辛辛苦苦活在世受尽人间苦；无声无息长眠去万世永留芳”“勤劳姑母与世辞，他乡闻耗泪如丝；仙鹤西去人犹在，学习姑母好品质”。

1962 年（农历壬寅年）21 岁

我小妹和三弟小学毕业升初中，均考上广饶一中，因我还有一年高中毕业，家中又困难，只录取了三弟一人。父母让我读完高中，不准备让三弟上中学。我坚持让三弟上。但读了三个月后，三弟吃不饱，明显消瘦，就不再读了，自动退学。

经济形势仍无好转。生活十分拮据，我无钱报到，不能买饭票，靠借同学饭票为生。

8 月 25 日，我病了未去上课，躺在宿舍床上。突然房屋顶塌下来了。幸好我躺在门口别人的床上，如果在自己的床上就被砸死了。我惊出一身冷汗。

9 月 20 日，我送表姐和姑夫去辛店火车站。第一次见火车。表姐是来接大姑夫去天津的。送上车后，我未来得及下车，便开车了，我只好第一次坐火车到张店下车走了回去。

10 月 30 日，我的小侄女红芬刚两岁，活泼可爱，不幸在脑膜炎折磨下死去了。一个小生命就这样夭折了。

1963 年（农历癸卯年）22 岁

2 月 9 日（农历正月十五日），外祖父去世。

学习雷锋精神，全国掀高潮，我也写了不少日记和学习文章。

3 月 1 日，学校举行入团宣誓仪式，我加入了光荣的共青团。

5 月，高中毕业考试前我又病了。

高中毕业，考大学名落孙山。回家劳动。组织青年学习歌曲，办黑板报，开办夜校。任村团支部书记。白天干活，夜里读书，不困不睡。经常写稿，寄给《大众日报》等报刊。年底在《大众日报》内刊上发表过一篇短文，寄来一元钱稿费。这是我的文章第一次印成铅字。

1964 年（农历甲辰年）23 岁

上半年继续在家劳动。

6 月 9 日，《大众日报》第三版发表了我写的文章《农村可以大有作为》，占了半个版面。

9 月 27 日，我与刘祥元、苏曰太、朱光华、苏焕章、李光华同学六人离开广饶，乘车去济南，到山东省团校报到。

10 月，在济南参加国庆活动。

学校进行阶级教育，上大课分小组讨论。我任支部委员。

12 月 15 日，我们这期学员集体到齐河县搞“四清”，我在西杨村，负责青少年和团的工作。给青年讲团课，春节排话剧《四世仇》，组织唱歌等，并写了一部“西杨村史”。

12 月 30 日，父亲病逝，享年六十岁。我回家奔丧。

1965 年（农历乙巳年）24 岁

继续搞“四清”后期的组织建设工作。在 1963 年冬天，我在村里搞过一期“四清”，应该说较为熟悉。

6 月 19 日，半年多的“四清”工作结束，返校后上团的业务课。

9 月 25 日，我加入中国共产党。

10 月 25 日，团校学习结束，我们十八人留在团省委待分配。

11 月 4 日，宣布分配方向，我与杜伯和、赵喜明、卜宪荣分到团中央工作。

11 月 13 日，我们四人乘火车到北京团中央报到。卜宪荣留团中央组织部，我们三人到《中国青年》杂志社工作，我分到文艺组做编辑、记者。1963 年，周总理提出《中国青年》办刊方针为“面向农村，兼顾城市”，扩大编制二十人，从熟悉农村工作的团干中选拔，我便是其中之一。

1966 年（农历丙午年）25 岁

6 月，“文化大革命”开始。

8 月 13 日，团中央改组，以胡耀邦为第一书记的团中央书记处停止工作。成立团中央临时书记处，王道义、路金栋负责。《中国青年》杂志停刊，内部整顿。

毛主席在天安门城楼接见到北京串联的红卫兵，我参与接待工作。

1967 年（农历丁未年）26 岁

机关在“文革”领导小组负责下进行。我经常是在开批判会时做会议记录，别人写好大字报，让我用毛笔抄出。这个时期，我的毛笔字倒是很有长进。

6 月 16 日，刘秀芹自北镇农校到北京串联，在同志们的热心张罗下，匆匆结婚。翌日，我去收麦子，她又去串联了。

1968 年（农历戊申年）27 岁

中央派军代表进团中央，杂志社有一名军代表。两派大联合，建立三结合的革委会，进行大批判，清理阶级队伍，整党，精简机构。我曾同其他同志一同到陕西、四川、贵州、云南等地外调近三个月。

10 月，《人民日报》发表毛主席指示："广大干部下放劳动，这对干部是一种重新学习的极好机会，除老弱病残者外都应这样做。在职干部也应分批下放劳动。"介绍了黑龙江柳河五七干校的经验。

下半年，团中央开始派人到南北各地联系建立五七干校之事。

1969 年（农历己酉年）28 岁

4 月，团中央机关及各直属单位全体乘车去河南潢川县五七干校。我在白虎岗八连。后二连合并到八连，称为"二八连"。在这里主要是种水稻和小麦。这里本是分洪区，后作为劳改农场。我们初到后，建房、种地，我学会了种水稻的育秧、插秧等全过程。我们是军事编制，我任排长。我曾从干校到农村插队，住在农民家中，此时我学会了针灸，为农民治过病。

1970 年（农历庚戌年）29 岁

继续在干校劳动，同时还要进行机关的"揭批"工作。

8 月，干校组织干部去离黄湖较远的黄岗抢收水稻。我同胡耀邦同志同住一室，同吃同住同劳动十余天。

刘秀芹在这期间到干校探亲，正赶上我们秋收。

1971 年（农历辛亥年）30 岁

4 月 17 日，儿子红光出生在广饶县医院。我仍在干校，未能回家。

是年，我由二八连调校部政工组，参与清查工作。后任校部党支部副书记，负责后勤工作。在此期间我学会了杀猪，成为名副其实的“张屠户”。同室居住的是干校革委会主任王道义和副主任李治时同志。办公室还有刘毓存、张文潾、李裕康等。

1972 年（农历壬子年）31 岁

继续在校部工作。已有部分同志开始回京筹备恢复工作事。干校流传大家得病需吃“离湖散”“调京丸”一类笑话。此段时间经常召开批判大会，对当时的一些错误观点进行批判。干校生活已比刚来时大为改观。农村流传有：“五七佬，五七佬，穿得破吃得好，一人戴块大手表。收了工，洗个澡，躺在床上看参考。”基本反映出了我们在五七干校的生活。

1973 年（农历癸丑年）32 岁

我由五七干校调回北京，参与《中国青年》杂志社的复刊筹备工作。

11 月 4 日，夜，女儿红雨出生在北京朝阳医院。

1974 年（农历甲寅年）33 岁

筹备《中国青年》杂志复刊。我在文艺部担任主任，考察调配干部。调查研究，听取青年的意见。曾去江苏沛县采访过知青王安民。

1975 年（农历乙卯年）34 岁

经过筹备，出版一期《中国青年》复刊试刊号。因团中央尚未恢复工作，故杂志一直不能复刊。我调总编室任副主任。

儿子红光四岁半，跟我在京住，我又当爹又当妈。

1976 年（农历丙辰年）35 岁

1 月 8 日，周恩来总理逝世，全国人民无比悲痛。当天上午的团中央机关批判大会取消。

4 月 5 日，清明节，天安门广场群众悼念周总理。

7 月 6 日，朱德委员长逝世，全国人民十分怀念。

7 月 18 日，唐山发生 8.0 级强烈地震，死亡二十四万人。

9 月 9 日，毛泽东主席逝世，在天安门广场举行追悼会，全国各地进行大规模的悼念活动。

是年，为纪念周总理，中国青年出版社准备出一本《怀念敬爱的周总理》，我与王江云同志采访上海在新疆的知青杨永青和新疆钢铁厂的胡良才，撰写《周总理和青年在一起》一文。

10 月 6 日，党中央一举粉碎“四人帮”，举国欢庆。

1977 年（农历丁巳年）36 岁

团中央五七干校由河南迁至河北固始县永定河畔，与中央组织部、中央党校、全国总工会、全国妇联合并，称为“中组部五七干校”。我与喜明等又进干校劳动一年。

1978 年（农历戊午年）37 岁

继续筹备《中国青年》复刊。《内蒙古青年》发表我的文章《正确对待婚姻恋爱问题》。

5 月，我与于国厚、谷嘉旺（《人民日报》记者）共同采写长篇通讯《暴风雨中的海燕——记青年共产党员贺延光同“四人帮”斗争的事迹》。当时，天安门悼念周总理事件尚未平反，报纸不能发表。

10 月，《中国青年》杂志复刊号出版，引起全国轰动。

10 月 12 日，《人民日报》《中国青年报》同时发表《暴风雨中的海燕》一文。

11 月 15 日，新华社发通稿，北京市委为北京“天安门事件”平反。

团中央召开全国青年代表大会，恢复团中央工作，韩英当选团中央第一书记。我作为工作人员参会。是年，我调入《中国青年》杂志社团的工作部任主任。

12 月，中央召开十一届三中全会，批判“两个凡是”，不再“以阶级斗争为纲”，党的工作重心转到经济建设上来。

1979 年（农历己未年）38 岁

2 月，刘秀芹及子女调京，在《中国青年》杂志社工作。

4 月 4 日，高占祥率中国青年代表团二十余人出访日本，这是我第一次出国，也是中日两国邦交正常化后第一个访日青年代表团。回国后写有《樱花友谊及其他》等文章，发表于《福建青年》和《辽宁青年》等。

6 月，参加在福建彰州召开的全国青少年工作会议。后陪同团中央书记高占祥调研。

1980 年（农历庚申年）39 岁

年底，《中国青年》发表我写的《可贵的创业精神——鸡西市团委自筹资金兴建青少年宫》。我由《中国青年》杂志社调入团中央文体部任文艺处处长，负责全国青少年宫建设和推广优秀歌曲等工作。

1981 年（农历辛酉年）40 岁

团中央在黑龙江省牡丹江市召开全国青少年活动阵地大会，总结交流工作经验。《中国青年报》发表我写的《这是人民的事业——自贡市青少年宫落成记》。组织相声演员演出，结交文艺界人士。

1982 年（农历壬戌年）41 岁

调研工作是团的工作的重要内容，我参与调研并写出报告，此段时间不断有文章见诸报端。《山东青年》发表我写的《尽早自立》文章，《青年研究》发表我执笔写的《要重视团队衔接教育》。

是年被选为共青团十一大代表出席会议，并被选为共青团十一届中央委员。王兆国为团中央第一书记，胡锦涛为书记处书记。

1983 年（农历癸亥年）42 岁

1 月，被任命为团中央统战部副部长。

6 月，全国青联六届一次会议召开，胡锦涛当选全国青联主席。我被选为常务委员、副秘书长。被推荐为全国政协委员，出席全国政协六届一次会议，任共青团、青联会组副组长，组长为胡锦涛。邓颖超当选主席。参加文化组活动。政协文化组组长姜椿芳，副组长丁玲等。

参加全国政协视察团视察天津引滦入津工程。

1984 年（农历甲子年）43 岁

3 月，出席全国政协六届二次全体会议。

7 月，团中央统战部在内蒙古自治区呼伦贝尔市召开全国少数民族地区团的工作座谈会。团中央第一书记胡锦涛同志出席会议。会议结束后，我陪团中央书记处书记克尤木·巴吾东在内蒙古调研近一个月。

9 月，到中央党校进修部学习半年。

1985 年（农历乙丑年）44 岁

2 月，借调全国政协接待美国喜瑞多市长黄锦波等华侨华人来访，陪同黄锦波上第二届中央电视台春节晚会，并在北京、上海、广州访问。

3 月，出席全国政协六届三次全体会议。

5 月 10 日，结束了在团中央二十年的工作，调到全国政协任外事局副局长，主持日常工作。

11 月，陪同以全国政协副主席杨成武为团长的全国政协代表团出访巴基斯坦，到卡拉奇等地参观访问。

1986 年（农历丙寅年）45 岁

3 月，出席全国政协六届四次全体会议，为新闻组副组长。

6 月，陪同全国政协副主席马文瑞出访罗马尼亚。

1987 年（农历丁卯年）46 岁

3 月，出席全国政协六届五次全体会议，继续在新闻组工作。

9 月，陪杨静仁副主席出访朝鲜。会见金日成主席，参加朝鲜国庆节活动，参观访问汉城、板门店等地。

1988 年（农历戊辰年）47 岁

3 月，全国政协七届一次会议召开，李先念当选主席。继续在大会新闻组工作。

5 月，调全国政协管理局任局长，兼任机关党委副书记。开始整顿机关后勤工作和进行改革。

1989 年（农历己巳年）48 岁

3 月，参加全国政协七届二次会议，任大会后勤组副组长。

4 月 15 日，胡耀邦同志逝世。与《中国青年》杂志社同事到家中吊唁。

5 月，胡耀邦同志追悼会在人民大会堂举行。

1990 年（农历庚午年）49 岁

6 月，在四川成都召开全国省级政协后勤工作经验交流会。中共中央政治局委员、四川省委第一书记杨汝岱会见与会代表。这是政协历史上第一次召开后勤工作方面的会议。

1991 年（农历辛未年）50 岁

3 月，参加全国政协七届四次会议工作，任大会后勤组副组长。

1992 年（农历壬申年）51 岁

3 月，参加全国政协七届五次会议工作，任大会后勤组副组长。

4 月 22 日，因从屋顶关窗户，掉楼下摔伤。

5 月，被任命为政协机关党组成员。

6 月，调秘书局任局长。

7 月，随团赴山西视察。

9 月，红光大学毕业，分配到中交公司工作。红雨考取首师大英语专业。

10 月，中共十四大召开，作为十四大代表出席大会。五十一岁生日在会议期间度过。

1993 年（农历癸酉年）52 岁

3 月，全国政协八届一次会议召开，李瑞环当选主席。我任大会秘书组副组长。

6 月，陪同吴学谦副主席视察四川。

8 月，陪同吴学谦副主席视察内蒙古自治区。

10 月，陪驻江苏省全国政协委员赴广西视察。

12 月，陪同吴学谦副主席访问泰国。

1994 年（农历甲戌年）53 岁

1 月，部分省市区政协秘书工作座谈会在福建武夷山召开。我主持会议并讲话。是年，经启功、刘炳森介绍，加入中国书法家协会。

3 月，参加全国政协八届二次会议工作，任大会秘书组副组长。

1995 年（农历乙亥年）54 岁

3 月，参加全国政协八届三次会议工作，任大会秘书组副组长。

5 月，陪同驻安徽全国政协委员赴云南视察。

6 月，在北戴河参加读书班。

7 月，右眼视网膜脱离，住中日友好医院手术。

9 月，陪同全国政协委员赴安徽视察。

1996 年（农历丙子年）55 岁

2 月，全国政协八届十二次常委会议被增补为政协委员，被任命为全国政协副秘书长。分工负责联系社会法制委员会、教科文卫体委员会、民族宗教委员会，并联系各民主党派、统战部和社会团体。

3 月，出席全国政协八届四次全体会议。任大会秘书组副组长。

5 月，陪同民宗委视察团赴湖北、云南、安徽考察宗教工作。

6 月，陪同全国政协委员视察吉林。

7 月，陪同何鲁丽副主席到山东菏泽参加何思源诞辰百年座谈会。

9 月，红雨首师大毕业，分配到翠微中学任教。

9—11 月，在中央党校进修部学习。其间曾集体到三峡考察。

1997 年（农历丁丑年）56 岁

1 月，刘靖基副主席逝世，赴上海处理后事。

2 月，邓小平同志逝世。

3 月，出席全国政协八届五次全体会议。任大会简报组组长。

6 月，陪杨汝岱副主席率全国政协委员视察陕西。

7 月 1 日，香港回归，写诗祝贺。

8 月 24 日—9 月 2 日，陪同霍英东副主席出席在加拿大温哥华召开的世界华商大会，访问温哥华和俄罗斯。

10 月，陪同香港委员视察浙江。东南亚金融危机。

1998 年（农历戊寅年）57 岁

3 月，出席全国政协九届一次全体会议。任大会选举组组长。

8 月，陪同经叔平副主席率全国政协委员赴新疆视察。

10月，作为庆祝宁夏回族自治区成立四十周年中央代表团成员，赴银川参加活动，原定七天，缩短为一天，节省经费支援西海固贫困地区。

是年，经孙轶青介绍加入中华诗词学会。

1999年（农历己卯年）58岁

3月，出席全国政协九届二次全体会议。任大会发言组组长。

5月，陪同毛致用副主席到云南、四川视察民族工作。

10月，陪同王兆国副主席访问韩国和澳大利亚，途经香港转机。

12月，参加社法委活动，在海南开会。

12月20日，澳门回归祖国。写诗祝贺。

2000年（农历庚辰年）59岁

3月，出席全国政协九届三次全体会议。任大会发言组组长。

5月，陪同赵南起副主席率全国政协委员赴浙江视察。

7月，家中房屋装修，气温达四十度。中旬随全国政协赴大连、鞍山、沈阳。

9月，陪同澳门全国政协委员赴上海、苏州视察。

10月，陪同以赵南起副主席为团长的全国政协常委视察团赴江苏视察小城镇建设。

11月，陪同全国政协委员视察团赴河北视察。

2001年（农历辛巳年）60岁

3月，出席全国政协九届四次全体会议。任大会发言组组长。

5 月，陪同万国权副主席一行赴福建视察交通问题。省委书记宋德福、省长习近平宴请万国权一行。

8 月 7 日，孙女苗苗出生。

10 月，陪同叶选平副主席辛亥革命九十周年考察团赴武汉、广州、南京考察。在南京度过六十周岁生日，选平题词祝贺。

11 月，赴广州参加第九届全运会，参加观澜湖国际高尔夫球赛，看泰格·伍兹打球。

12 月，由黄苗子题写书名的《张道诚书法集》问世。

2002 年（农历壬午年）61 岁

1 月，陪同罗豪才副主席在哈尔滨参加冰雪节。

3 月，出席全国政协九届五次全体会议。任大会发言组组长。

4 月，参加福建泉州清明会。

5 月，同提案委员会在湖南开会，后参观考察张家界。

5 月，同提案办参观考察大寨、绵山、王家大院等。

6 月，陪同李贵鲜副主席视察吉林。

6 月 24 日—7 月 3 日，陪同陈锦华副主席出席在罗马尼亚召开的经社理事会，顺访希腊、意大利、奥地利。

6 月 28 日，政协九届十八次常委会议召开，因年龄原因免去我全国政协副秘书长职务。其时我正在陪同陈锦华副主席出访。

7 月，陪同香港特区全国政协委员赴内蒙古视察。

9 月，因右腿腘窝囊肿住北京医院治疗。

10 月，列席参加在杭州举行的全国政协港澳台侨委员会的会议。

11 月，全国政协九届十九次常委会议被任命为全国政协港澳台侨委员会副主任。常委会闭幕后，朱训主任率全体赴河北西柏坡召开主任会议。

12 月，诗集《诚信斋吟草》和散文集《苔花如米小》出版。黄苗子先生题写书名。是年，经陈建功等介绍加入中国作家协会。

2003 年（农历癸未年）62 岁

2 月，代表港澳台侨委员会出席福建泉州文化节。

3 月，出席全国政协十届一次全体会议。贾庆林当选主席。

6 月，陪同罗豪才副主席等赴浙江考察国内侨务工作。

8 月，参加全国政协无党派委员视察团赴西藏视察。

9 月，陪同李蒙副主席赴山东博兴参加小戏节。

11 月 12—26 日，陪同郭东坡主任出访荷兰、法国、西班牙，看望侨团，顺访比利时、卢森堡、摩纳哥、德国。

2004 年（农历甲申年）63 岁

3 月，出席全国政协十届二次全体会议。

4 月，陪同侨商山东团赴青岛、潍坊、东营活动。

6 月，参加全国政协委员赴宁夏视察活动。

7 月，陪同徐匡迪副主席率领香港全国政协委员赴航天城视察。

8 月，参加全国政协休假团赴浙江。恰逢中伏，浙江为全国最热。在温州，又遇“云娜”台风。

9 月，陪荷兰中国商会访华团赴青岛、张家界参观。

10 月，赴河北保定市满城参观。

陪叶选平同志一行赴山东济南、泰安、淄博、潍坊、烟台、青岛参观。

2005 年（农历乙酉年）64 岁

2 月 15 日，好友刘炳森先生逝世，不胜悲痛。

3 月，出席全国政协十届三次全体会议。

3 月 29 日—4 月 18 日，随全国政协港澳台侨委员会访问团赴巴西、阿根廷、智利访问。途经旧金山、洛杉矶、亚特兰大和夏威夷转机。

5 月，陪同阿不来提·阿不都热西提副主席和秘书局会议处党支部到河南安阳参观红旗渠等。

7 月 30 日，恩师启功先生逝世，享年九十三岁。

8 月，率全国政协书画室委员赴甘肃采风。

9 月 1—9 日，陪同香港全国政协委员赴辽宁省大连、丹东、本溪、沈阳等地视察。

9 月 28 日，陪同叶选平副主席在曲阜祭孔。后去聊城等地参观。

2006 年（农历丙戌年）65 岁

1 月 5 日，北京世纪名人国际书画院在全国政协礼堂举行成立大会，选举我为院长。欧阳中石先生题写院名。

1 月，陪罗豪才副主席访问泰国崇圣华侨大学，并授罗豪才博士学位。

3月，出席全国政协十届四次全体会议。

5月，率机关离退休老干部赴江西省井冈山、龙虎山、庐山等地参观。

5月下旬，港澳台侨委员会办公室党支部到山东广饶过组织生活，参观大王刘集支部。集体宣誓，重温入党誓词。

老干部支部赴山东聊城等地参观。

7月，陪同董建华副主席率领香港特区全国政协委员到天津市、河北省唐山市视察。

7月9日，北京世纪名人国际书画院为庆祝中国共产党成立八十五周年而举办的“中国名人名家书画精品展”在全国政协会议中心开幕。张思卿、迟浩田、邹家华、叶选平、杨汝岱等领导同志题词祝贺。

8月，率列席全国政协会议的海外侨胞回国考察团活动，到青岛、大连、佳木斯、哈尔滨考察。

9月，港澳台侨委和外事委在沈阳召开全国工作会议。

10月，澳大利亚华侨“光明行”医疗队赴新疆玉田为白内障患者做手术，余陪同活动。

11月25日，张道诚、马骏书画展在广州开幕，叶选平副主席出席并剪彩。

2007年（农历丁亥年）66岁

3月，出席全国政协十届五次全体会议。

4月，参加经济委员会软件外包专题组赴印度考察。

5 月，经中组部批准，被选为中华慈善总会第三届副会长。

6 月，参加经济委员会软件外包专题组赴日本考察。

7 月，澳大利亚华侨“光明行”医疗队赴内蒙古鄂尔多斯市和锡林郭勒盟为白内障患者做手术。

7 月 22 日，北京世纪名人国际书画院主办的以“纪念建军八十周年”为主题的第二届中国名人名家书画精品展在全国政协会议中心开幕。全国政协副主席周铁农出席开幕式并为展览剪彩。

8 月，率全国政协港澳台侨委员会代表团赴匈牙利出席世界反独促统大会。后赴比利时参加欧洲华侨华人联合会年会，顺访英国。

9 月，率海外侨胞回国考察团赴吉林，参观东博会，并在长春和吉林市访问。

11 月，全国政协港澳台侨委员会主任会议在浙江省千岛湖举行。

11 月 30 日，母亲逝世，享年九十六岁。

2008 年（农历戊子年）67 岁

1 月，北京世纪名人国际书画院为庆祝成立两周年而举办的名人名家三十人书画展在京举行。全国政协副主席、北京世纪名人国际书画院名誉院长张思卿出席开幕式。

2 月，中组部贺年卡称：“中央确定的新的提名年龄界限，您不再继续提名了。”全国政协委员任期结束。曾任六、八、九、十届全国政协委员。

3 月，赴安徽合肥，参加“慈善医疗阳光救助”工程签约仪式。后陪张永珍、杨乃珍委员赴黄山参观，由南京返京。

4 月，港澳台侨委办公室支部赴河北沧州参观。

5 月 12 日，四川汶川 8.0 级地震。

7 月，办理退休。北京世纪名人国际书画院赴泰宁采风。

8 月 8 日，第二十九届奥运会在北京开幕。余书《奥运赋》出版。

10 月，赴灾区四川省绵阳、德阳、雅安等地考察并送书。

10 月 21 日，赴云南曲靖参加活动。

11 月，赴甘肃省送书，并参观刘家峡水电站。

12 月，赴辽宁省本溪、阜新等地参加慈善送温暖活动。

2009 年（农历己丑年）68 岁

3 月，赴安徽参加“慈善阳光救助活动”，到凤台县考察实施情况。

4 月，赴辽宁盘锦市参加股骨头坏死救助仪式。

4 月，机关老党员支部赴山西太原、五台山、大同参观。

5 月 13—15 日，参加宁夏慈善总会第三届会员代表大会，并致祝词。

5 月 17—20 日，赴湖南常德市参加股骨头坏死救助启动仪式。

5 月 25—28 日，赴山东东营市京东合作发展促进会考察。

5 月 26 日，《名人名家书画报》创刊发行。李铎先生题写报名。

6 月 19 日，钱运录副主席兼秘书长宴请我等六位退休原副秘书长。

6月23—26日，中华文化标志城专家咨询委员会在山东济宁召开第二次工作会议。

7月2—5日，赴吉林省延安医院参加脑瘫孤儿治疗仪式。5日晚回京有暴雨，落石家庄。

7月16日，上午参加在人民大会堂举行的中华慈善总会突出贡献奖表彰大会。李建国、郑万通、何鲁丽、王文元出席。下午在国际饭店召开中华慈善总会第三次理事会议。

7月17—20日，赴内蒙古包头市参加“健行天下——股骨头坏死”阳光救助工程。

7月23日，出席宝马之旅新闻发布会并讲话。

8月3日，晚，出席全国政协港澳台侨委员会宴请台湾知名人士访问团活动。

8月16日，山东省政协副主席宴请出席山东省政协书画展的诸位书画家。

8月18日，出席淄博市人民医院股骨头坏死救治启动仪式。后去东营考察。

8月25日，出席在郑州人民医院股骨头坏死救治启动仪式。

8月28日，出席“三百”（即百名将军、百名部长、百名书画家）庆祝新中国六十年书画展开幕式。

9月1日，出席北京世纪名人国际书画院第十三次院长办公会议。

9月13日，中午，同三十年前赴日访问的中国青年代表成员王作欣、王坚强、贺延光、杨志强等人聚会。

9 月 16 日，上午出席滨州在世纪坛举行的海瓷展。

9 月 19 日，参加陈丽华紫檀博物馆十周年暨万豪酒店开业典礼。

9 月 20 日，上午参加在人民大会堂举行的人民政协六十周年庆祝大会，胡锦涛讲话。晚出席庆祝人民政协六十年文艺晚会。

9 月 25 日，参加云南曲靖市慈善总会成立大会并致词。

9 月 29 日，参加中华慈善总会机关国庆座谈会。晚出席全国政协办公厅、中央统战部、国务院侨办、国务院港澳办、国务院台办在人民大会堂举行的国庆招待会。

10 月 1 日，上午参加国庆观礼（天安门观礼东 1 台），晚参加国庆焰火晚会。

10 月 8 日，参加山东广饶孙子国际文化节。

10 月 13—14 日，参加人民政协理论研讨会和理事会。

10 月 18 日，参加中日韩美术节，书写“翰墨颂友谊，丹青绘新图”。

10 月 19 日，出席山东东营市在国际饭店举办的黄河口大闸蟹推介会。

10 月 24 日，出席在北京马连道举行的福建南靖县茶叶推介会。

10 月 27 日，出席海峡两岸书画展开幕式。

10 月 28 日，出席《中华儿女》报刊社茶话会。

10 月 31 日，赴四川绵竹参加“1 +1”心联行动。

11 月 3 日，赴怀柔集贤山庄参加老干支部活动。

11 月 12 日，孙中山逝世一百四十三周年，在中山堂拜谒。

11 月 14 日，赴合肥参加中华慈善滨湖医院开诊典礼。

11 月 17 日，中华慈善总会微笑列车十周年大会。

11 月 27 日，下午杨延文、靳尚宜等八人书画展在现代美术馆开幕。

12 月 3 日，中华慈善总会在政协礼堂举行新闻发布会。拟于 2010 年 1 月 19 日举办慈善春晚。

12 月 12 日，政协书画协会举办笔会。

12 月 17 日，参加苗培红等八人“孺子牛”书画展开幕式。

12 月 18 日，出席人民大会堂《中华儿女》主办的《澳门女儿——李菲》首发式。

12 月 21 日，参加中华慈善总会六部门主任述职。

12 月 23 日，中华慈善总会罕见病新闻发布会。

12 月 26 日，出席在全国政协礼堂举办的“韩美林书画甲子之旅观摩展暨艺术座谈会”。

12 月 27 日，带领北京世纪名人国际书画院同人到武警特警学院慰问并举办笔会。

12 月 28 日，赴安徽和省慈善总会一起到全椒县福利院对困难户进行春节慰问，并送去现金和毛毯。

2010 年（农历庚寅年）69 岁

1 月 1 日，在全国政协礼堂参加新年茶话会。中央政治局领导出席。

1 月 14 日，在清华大学甲所二会议室参加中华慈善总会举办的老年产业研讨会。

1 月 15 日，在中协宾馆参加老干部茶话会。晚上在长安大剧院观看安徽黄梅戏（陪李铎夫妇）。

1 月 19 日，在民族饭店参加中华慈善总会新春联谊会。晚在全国政协礼堂参加慈善春晚。

1 月 21 日，上午在全国政协礼堂参加老干部茶话会，在政协常委会议厅参加低碳论坛。

1 月 24 日，在全国人大会议中心出席海外侨胞表彰会。

1 月 26 日，在上海参加联合国馆世博论坛并发表讲话。

1 月 30 日，参加在伯豪酒店举办的书画晚宴。

2 月 1 日，上午慈善总会召开会长办公会。下午参加中央“五侨”在人民大会堂举办的首都侨界新春茶话会。

2 月 2 日，山东广饶县党政领导在永兴花园看望在京同乡。

2 月 4 日，北京市慈善协会会长王长连等在淮阳饭店与总会领导餐叙。

2 月 8 日，上午政协机关举行春节团拜会，贾庆林主席与部分副主席出席。下午参加中央“五侨”机关工作人员新春联谊会。

2 月 11 日，中午同周坤仁上将在总后一招聚会。

2 月 27 日，主持北京世纪名人国际书画院第十五次院长办公（扩大）会议。

3 月 2 日，出席中国楹联学会会议，被聘为顾问。

3 月 4 日，中华慈善总会书画工作委员会在丰台北方机械研究所举行笔会。

3 月 12 日，参加中山堂孙中山先生逝世八十五周年活动。

3 月 13 日，参加山东垦利县委书记田治颖中联宾馆聚会。

3 月 24 日，在八宝山参加黄森同志告别仪式。

3 月 25 日，去厦门参加慈善捐赠活动。

4 月 3 日，参加老新闻工作者后代捐款茶话会。

4 月 16 日，参加南京邦家租赁公司捐款暨开业庆典。

4 月 19 日，参加在军博举办的李铎师生展，并接受李铎师生为中华慈善总会捐款三十三万元。

4 月 20 日，应邀赴上海参观世博会预展。

4 月 25 日，陪同贾庆林主席在军事博物馆参观李铎师生展。

5 月 10 日，参加鲁若曾同志画集出版座谈会并讲话。

5 月 11—17 日，参加全国政协老干部支部赴陕西省西安、延安参观学习活动。

5 月 25 日，在贵阳参加贵州省慈善总会换届大会并致词。

6 月 7 日，去天津参加世界海洋日活动。

6 月 12 日，在中组部宾馆参加书画笔会。

6 月 13 日，出席中华慈善总会三届五次理事会议。

7 月 19 日，出席天津国寿慈心工作启动暨表彰大会。

7 月 22 日，出席哈尔滨新闻媒体慈善捐赠活动。

7 月 31 日，北京世纪名人国际书画院中国画创作委员会成立大会暨“情系世博”名人名家书画笔会，出席并讲话。

8 月 3 日，出席在亚洲大酒店中美宏凯威大型艺术品拍卖会爱心启动仪式并讲话。

8 月 23 日，出席在人民大会堂举办的中国社会保险与持续发展论坛。

8月28日，出席广东廉江人民医院肿瘤大楼落成典礼仪式并参观湛江海港。

9月3—11日，在江西休假，参观庐山、婺源、三清山、景德镇、浮梁县衙等。

9月12日，出席在中国美术馆举办的王铁成书画展开幕式并讲话。

9月17日，陪同郭东坡会见胡志光先生。

9月18日，陪同郭东坡会见邱维廉夫妇。

9月20日，出席在国贸大厦三期礼堂举办的中美宏凯亿新闻发布会。

9月26日，出席北京世纪名人国际书画院以“情系世博，和谐中国”为主题的第五届中国名人名家书画精品展开幕式并讲话。全国政协副主席杨汝岱出席并剪彩。

9月28日，出席在人民大会堂湖北厅举办的东营市政府高效生态经济区新闻发布会。

9月29日，出席中直作协会员在政协礼堂举办的联谊茶话会，并为作家写字。晚上出席全国政协办公厅、中央统战部、国务院侨办、国务院港澳办、国务院台办在人民大会堂举行的国庆招待会。

10月7日，在二炮参加社区老同志联谊笔会。

10月8日，与新疆侨联主席阿迪力江谈其女儿阿依努尔患白血病事，并联系格列维。

10月16日，参加广饶孙子国际文化旅游节开幕活动。

10月18日，会见曲靖慈善总会会长陈世贵同志。

10月27日，老党员支部学习五中全会精神，传达胡锦涛同志在五中全会上的讲话。

10月30日，主持北京世纪名人国际书画院第十七次院长办公会议，总结全年工作，布置明年1月名人书画院五周年庆祝活动。

11月2日，参加在人民大会堂举行的费孝通诞辰一百周年座谈会，吴邦国出席。

11月5日，参加在人民大会堂举行的刘澜涛诞辰一百周年座谈会，习近平同志出席。下午参加在政协礼堂举行的报告会，王刚同志讲五中全会精神。

11月7日，出席在政协礼堂举行的“茉莉花两岸情”春伦茶文化座谈会。

11月9日，出席在政协礼堂举行的救助贫困母亲陈美如歌曲演唱会新闻发布会。

11月12日，在中山音乐堂出席孙中山诞辰一百四十四周年纪念活动。

12月4日，出席拜耳援助项目中华慈善总会珠海会议总结表彰大会并讲话。

12月8日，收到信息，王修智同志于7日晨三时半因心脏病突发抢救无效病逝，年仅六十五岁。王修智同志与我同为广饶一中校友，比我低两个年级。曾任山东省委副书记、省政协副主席等职。王的逝世，使我不胜悲痛。发电致哀并向家属表示慰问。

12月9日，去北京医院检查膝盖。6日在珠海时因卫生间地滑而摔着膝盖，好在无大碍。

12 月 11 日，赴重庆参加慈善会成立十五周年暨重庆 2011 年“慈善情暖万家”活动启动仪式并讲话，然后去合川区慈善养老院慰问。

12 月 16 日，下午出席在人民大会堂举行的汪锋同志诞辰一百周年座谈会。汪锋同志曾任全国政协副主席。

12 月 24 日，出席在国家会议中心举行的“纪念毛泽东诞辰一百一十七周年”座谈会。此活动是解放军书画院举办的。中午应邀到东四十条 22 号“华府”魏佳创办的茶社品茗。

12 月 26 日，参加在民族饭店锦绣宫由中央机关老干部文化中心举办的迎新春联谊笔会。晚在宿州大厦与出席中国书协代表会议的有关人士餐叙。

12 月 27 日，参加第三届“明天会更好”慈善书画艺术交流展在皇都艺术馆举行的开幕式。此活动是由中华慈善总会等单位联合举办的。阿不来提·阿不都热西提、张梅颖副主席，何鲁丽副委员长，范宝俊会长，邓桐山副会长等出席。

12 月 29 日，全国政协委员党支部召开座谈会总结今年工作。钱运录副主席兼秘书长中午宴请诸位出席人员。

12 月 30 日，中午李铎夫妇宴请北京世纪名人国际书画院协助他整理文稿的同志，并赠我书法条幅“德厚流光”。

2011 年（农历辛卯年）70 岁

1 月 5 日，出席北京世纪名人国际书画院成立五周年庆祝会并讲话。

1 月 6 日，晚，在民族饭店同淄博、济南、滨州以及海南儋州慈善总会同志聚会，范宝俊会长出席。

1 月 7 日，中华慈善总会在全国政协礼堂举办第二届慈善春晚。李建国副委员长兼秘书长、郑万通副主席、何鲁丽副委员长等出席。

1 月 10 日，晚，参加河北商会在清华博雅举行的新春联谊活动。

1 月 11 日，上午参加全国政协机关离退休老干部新春座谈会。机关党组副书记仝广成出席并讲话。

1 月 14 日，晚，广饶县县长田和友等到京看望老乡并举行招待会，介绍家乡情况。我出席并讲话。

1 月 18 日，晚，在人民大会堂金色大厅举办中华慈善总会德源希望基金答谢晚宴，出席并讲话。

1 月 19 日，出席中央“五侨”在人民大会堂举行的 2011 年首都侨界迎新春茶话会。晚出席中国农村商业发展工作委员会在人大会议中心举办的年度总结暨新春团拜会。

1 月 20 日，参加全国政协机关老干部新春茶话会。

1 月 21 日，参加中央“五侨”机关在全国政协礼堂举办的新春联谊会。

1 月 22 日，北京世纪名人国际书画院举行第十八次院长办公（扩大）会议，增补汪碧刚同志为副院长。

1 月 24 日，出席首届“武汉慈善奖”颁奖晚会并讲话。湖北省委副书记兼武汉市委书记杨松出席。

1 月 25 日，下午参加中国作协在人民大会堂举办的新春茶话会。

1 月 26 日，参加中华慈善总会机关工作人员在山水宾馆举办的新春联谊会。

1 月 27 日，下午出席中华慈善总会志愿者工作委员会在蟹岛举行的新春联谊活动。

1 月 28 日，率首都著名书画家慰问武警北京总部十一支队，部队为礼炮部队，用十一响礼炮欢迎。书画家用自己的作品向部队祝贺新春。

1 月 29 日，参加在全国政协礼堂举办的“昶通杯”迎新春中国敬百老联谊会。晚上李铎夫妇在政协文化餐厅宴请参加李铎文稿整理工作的同志。

2 月 10 日，夜里下了雪，是北京一百零八天无雨雪后的头一场雪。上午在机关老干部支部听传达文件。

2 月 18 日，下午同范宝俊、李本公等赴天津静海，谈养老院事宜，晚住天津利华酒店。

2 月 19 日，上午去看望八十四岁的四舅。我有四个舅舅，已经去世三个，四舅耳已聋，又摔过跤，身体欠佳，随儿子一起生活。

2 月 26 日，出席在人民大会堂举办的救助民族地区少儿先心病患者新闻发布会。

2 月 27 日，上午北京中韩书画家联谊会第四次代表大会在政协礼堂召开，出席并书写“清风出袖丹青颂友谊，明月入怀翰墨绘新图”六尺整纸祝贺。

3 月 1 日，《中华儿女》报刊社在钓鱼台国宾馆举行 2010 中华儿女新闻人物发布会，出席并颁发奖牌。

3 月 4 日，赴海南三亚参加 5 日举办的类克爱心援助项目感恩答谢晚宴并讲话。

3 月 12 日，中国革命的先行者孙中山先生逝世八十六周年。到中山堂向孙中山先生鞠躬。

3 月 18 日，下午金波演唱会新闻发布会在鸟巢新闻发布厅举行。我作为金波的朋友参加了此活动。

3 月 26 日，下午去河北西部高级职业培训学院参加扶贫植树等活动。这是中华慈善总会对新疆维吾尔自治区建设兵团学生的特殊培训。

4 月 1 日，新疆建设兵团慈善会秘书长胡壮丽邀请在兵团驻京办聚会，有中央台、海政导演雷宇等十余人。

4 月 5 日，同麻贵林副秘书长去鄂尔多斯，会见千惠芬副区长，共同推进“华夏九九城”的进展。

4 月 6 日，同麻贵林副秘书长去榆林市，参观中医院，准备挂中华慈善总会牌子。会见榆林市慈善总会领导。

4 月 13 日，在慈善总会机关同张倩玉接收捐款。

4 月 16 日，在政协礼堂三楼参加中韩书画展开幕活动。

4 月 17 日，参加东营蓝海西直门分店钟鼎楼食府开业典礼。

4 月 19 日，随政协机关已退休秘书长去重庆、三峡、武汉参观。

4 月 20 日，去大足石刻参观。

4 月 21 日，去合川区钓鱼城参观。晚登维多利亚 3 号轮，住 328 房间。

4 月 22 日，在船上，从丰都上岸参观鬼城。

4 月 24 日，下船在宜春参观三峡大坝，晚宿宜春。

4 月 25 日，乘车去武汉，住东湖宾馆南山甲 5238 室，这是金日成同志 1958 年曾住过的房间。

4 月 26 日，参观高新科技区。晚武汉市政协宴请，饭后在江滩散步参观。

4 月 27 日，参观黄鹤楼、湖北博物馆，其中的曾侯乙墓出土文物曾引起世界注目。

4 月 28 日，上午离武汉回京。

5 月 7 日，上午在总会参加书画联谊捐赠助儿及关爱妇女活动。

5 月 10 日，同杨骥川在建国路五号写字。

5 月 16 日，徐学江等来谈办《中华慈善报》之事。

5 月 18 日，随京东合作发展促进会回东营考察活动。

5 月 19 日，回母校广饶一中，同校领导座谈、题字等。

5 月 20 日，回北高探视。北高的房子很快会拆掉，年底要进驻楼房。

5 月 21 日，在东营参观开发区、胜利油田博物馆、桦林庄园、入海口湿地、利津县城工业区等。

5 月 26 日，与郭东坡、马健同志在文化餐厅一聚。马健是政协港澳台侨委员会驻会副主任，对老同志非常关心，时时问候。晚与李晓华谈养老产业。

5 月 28 日，“澄海观道——中国画名家全国巡展”临沂站开幕式，出席并讲话。

5 月 29 日，参观王羲之故里。下榻沂景假日饭店。

5 月 30 日，上午参观平邑天宇自然博物馆。这是郑晓廷先生捐建的，宝贝甚多，叹为观止。题词“蕴天下灵秀，揽千古奇观”。游蒙山，看费县奇石。

6 月 1 日，上午安徽省岳西县慈善会长来谈申请加入中华慈善总会作为团体会员事。

6 月 4 日，上午主持召开北京世纪名人国际书画院院长办公会议。决定 7 月 17 日在京举办“建党九十周年中国名人名家书画精品展”。

6 月 7 日，参加中华慈善总会召开会长办公会议，研究拟将召开的全国理事会事宜。

6 月 10 日，参加总会罕见病新闻发布会。

6 月 11 日，参加山东鄄城曹明苒先生在中国美术馆举行的画展。

6 月 14 日，乘车去山东，张倩玉、陈红慧荣誉副会长，麻贵林副秘书长同往。先到滨州参观规划展，拜谒烈士陵园，后去东营参观敬老院、桦林庄园、黄河口游船。

6 月 16 日，到济南，游环城湖，去桓台县参观，参加医院院长座谈会。

6 月 17 日，山东临沂市政协副主席马德仁到京，晚上宴请。

6 月 19 日，中慈国际交流中心召开理事会议，选范宝俊为理事长，我为副理事长。

6 月 20 日，中华慈善总会在中民大厦召开全国理事会议。

6 月 21 日，参加中华慈善总会养老论坛在三河燕郊燕龙生态度假酒店召开的会议。

6月23日，参观在民族文化宫举办的百名将军百名部长书画展。下午黑云压城，狂风大作，大雨瓢泼。

6月28日，在后勤学会理事长赵庆云处参观书写毛主席诗词展览。

7月12日，上午同麻贵林等乘车赴东营，谈养老产业。

7月13日，同东营市有关部门召开养老产业座谈会。

7月14日，赴垦利参观康力养老院和广场，参观大宇佛堂，此佛堂为张振武先生自费创办。下午赴广饶，参观刘集支部、孙武湖、东营博物馆。刘集支部为1923年建立，为山东最早建党支部之一。

7月15日，参加淄博市桓台县乡镇卫生院座谈会，参观五贤祠，此处为刘有先副市长家乡，我为他们书写了多件书法作品。

7月16日，参加在首都大酒店举行的“中华旅游书画院”揭牌仪式，陈培伦任院长，李铎、龙瑞和我任名誉院长。

7月17日，在政协礼堂参加“庆祝中国共产党成立九十周年”中国名人名家书画精品展开幕式。

7月18日，在家为安家训书国家森讲话长卷写序言。讲话六千多字，序言两千余字。这是应吕雪萍之邀而写的。

7月19日，为《广饶大众》创刊十周年题词：“开拓进取成大业，团结奋斗谱华章。”

7月20日，上午去全国政协阳光厅参加全国工笔画名家邀请展开幕式并参观展览。

7月24日，上午出席中国人民书画院书画展开幕式，此展中有我的作品参展。

7月26日，参加中华慈善总会会长办公会，研究《公益慈善报》如何办的问题。出版总署已批准，为民政部主管。

8月10日，中午李晓华同麻贵林签协议。

8月11日，东营黄蓝战略海内外企业家山东行推介会在北京饭店金色大厅举行。市长姜杰主持，书记张秋波致辞，范宝俊、麻贵林和我等出席。

8月13日，朱大为同志自美回国，卞晋平、汪东林夫妇等在蜀正园举行欢迎宴会。

8月16日，李铎诗词书法展在军博开幕，孙家正副主席出席。

8月18日，下午李岚清同志参观李铎诗词书法展，我陪同。李岚清同志题词："向李老哥学习。"

8月25日，下午中央政治局委员、中宣部部长刘云山参观李铎诗词书法展，我前去军博陪同。

8月26日，赴大连参加依瑞沙发药大会。翌日，大连市慈善总会会长林庆民宴请。我送林书法作品一件，林是原大连政协主席，老朋友。

8月31日，老干部支部组织学习，传达今年上半年经济形势和下半年经济形势展望。中午到慈善总会，同河北承德慈善会同志座谈。张倩玉荣誉副会长、麻贵林副秘书长参加。

9月10日，离京回广饶参加广饶一中六十周年校庆。翌日上午庆祝大会，我代表校友讲话。县委书记赵豪志讲话，校长高欣华讲话，县长田和友主持。

9月16日，参加《人民政协报》在政协礼堂举办的以"团结民主”为主题的书画展开幕式并参观展览。

9月28日，为响应中央“走基层、转作风、改文风”号召，李铎率领世纪名人书画院去朝阳区奥运街道、北师大朝阳附中参加活动、笔会。李铎在北师大朝阳附中讲课一小时余，深受欢迎。

9月29日，晚上出席全国政协办公厅、中央统战部、国务院侨办、国务院港澳办、国务院台办在人民大会堂举行的国庆招待会。

10月3日，陪同中直工委副书记贾祥去广东惠州参加惠阳高级中学建校110周年活动。参观企业，游西湖、六如亭、渚园。

10月9日，参加在人民大会堂举行的纪念辛亥革命百年大会，胡锦涛同志发表长篇讲话。

10月10日，晚，中华慈善总会在农展馆举行招待会，招待来参加“慈善之光”展览的各地会员团体的同志。

10月11日，在农展馆参加中华慈善总会“慈善之光——总会暨会员团体慈善成就展”开幕式。阿不来提·阿不都热西提副主席、人大原副委员长何鲁丽、政协原副主席李蒙出席开幕式并参观展览。下午，随机关老干部支部去顺义高丽营镇花水湾磁化温泉度假村参观。

10月12日，参观牛栏山酒厂、鹏程肉联厂等。

10月14日，参加北京世纪名人国际书画院在全国政协礼堂举行为纪念辛亥革命百年笔会。

10月17日，上午参加中国诗酒文化协会在全国政协阳光厅举行的换届大会。蒋秋霞为会长，聘我为顾问。贺敬之、高瑛等诗人出席。

10月18日，晚，在国贸三期参加中美集团年庆暨中慈志愿服务团成立一周年并讲话。

10月19日，下午出席全国政协文史和学习委员会主办的“善行天下——政协委员慈善人物事迹展”开幕式并讲话。

10月23日，上午参加陕西省慈善事迹展览开幕式。下午庆祝陕西省慈善协会成立十五周年，出席并讲话。

10月24日，陕西省慈善协会第四届代表大会召开，选举刘维隆同志为新一届会长。余到会祝贺。

11月2日，上午参加慈善总会会长扩大会议，学习讨论中央十七届六中全会关于文化大发展大繁荣的精神。

11月13日，主持召开北京世纪名人国际书画院第二十次院长办公会议，会议在首都体育馆新装修的“名人书画馆”举行。

11月19日，上午“名人书画馆”开业暨首届书画联谊精品展开幕式，出席并讲话。

11月20日，李铎先生带领北京世纪名人国际书画院“走基层、转作风、改文风”小队在昌平区南邵镇金家坟村为农民兄弟写字。余带去十四件，现场又写十余件。下午又在香山同江西宜都市领导进行书画交流。

11月25日，上午在慈善总会与榆林市签订协议，中慈国际文化交流中心支持榆林医院发展“血透”工作。

11月26日，出席在星火大厦举办的马骏同志画展。

12月3日，晚，出席香港（中国）商会在国贸三期举办的“走出彩虹”2011年年会。

12月17日，参加在济南召开的中华文化标志城专家咨询委员会议。许嘉璐主持。

12月21日，出席在广州举行的两岸四地慈善论坛并讲话。

12月25日，出席在钓鱼台国宾馆召开的《中华儿女》报刊社年会。

12月26日，李铎先生率领“走、转、改”小队去北京军区新兵营为战士赠书法。

12月28日，参加李铎先生与协助其整理文稿的同志座谈，并同军博领导同志一同商议今后工作。

12月31日，一年又将过去。玉兔回宫，为人间喝彩；金龙出海，助天下安澜。为诸友发信息祝贺新年如下：

光阴过隙又一年，回首往事可盘点。
老夫喜居七〇后，惜时如金五更寒。
四海翻腾辞旧岁，五洲震荡换新天。
继日以追穷求索，龙年再写新诗篇。

2012年（农历壬辰年）71岁

1月6日，中午老党员迎春活动。晚在政协礼堂参加中华慈善总会慈善春晚。

1月7日，北京世纪名人国际书画院六周年院庆活动。

1月8日，黄苗子先生逝世，一位百岁老人与世长辞。

1月9日，在福州阳光假日饭店参加总会血透会议并讲话。

1月11日，中午，总会在民族饭店举办新春联谊活动。晚，在建国路五号与宝钢签约。

1 月 12 日，参加中央“五侨”在人大会堂举行的“2012 年首都侨界新春茶话会”。

1 月 13 日，上午参加中华慈善总会会长办公会议。下午参加中国作家协会在人大会堂举办的迎春茶话会。

1 月 15 日，上午参加卢翔同志在广东会馆举办的书画交流活动。

1 月 16 日，下午参加中央“五侨”机关新春联谊会。晚参加慈善总会年终总结表彰大会。

1 月 18 日，上午政协机关举办春节团拜会。晚在金悦海鲜同湘潭市委秘书长等交流书法。

1 月 27 日，用五日时间抄写自作诗八十首。

1 月 30 日，孟霞八十岁诞辰，送一“寿”字祝贺。

1 月 31 日，到牛折桂所住亚运村新家拜年。与马洪海夫妇等聚会。

2 月 2 日，为临沂李波同志写“沂蒙油画院”。

2 月 8 日，参加韩美林老友在国家博物馆展出的三千余件书法、绘画、雕塑、装饰等内容的闭幕式及座谈会。

2 月 9 日，在“养生”日历上写慈善箴言。

2 月 14 日，参加总会外事部外宾七十二岁生日会，送“龙”“寿”字。

2 月 16 日，为河仁慈善基金会书写碑文二百多字。

2 月 18 日，主持召开北京世纪名人国际书画院第二十一次院长办公会议。

2月24日，参加《中华儿女》杂志在人民网会议厅举办的“2011年度人物”发布会并颁奖。

3月23日，赵立凡、曲成赋二人书画展在军博开幕。

3月27日，机关老干部支部去海南参观学习，至4月2日返京。

4月9日，出席慈善总会“春雨爱心基金”捐赠仪式。

4月10日，陪同贾庆林主席会见河仁慈善基金会秘书长。陪同李铎等书法家送文化去首钢。

4月12日，参加宝马基金会在中国科技馆举办的少年儿童营活动并讲话。

4月14日，出席苗培红师生“传承和继承”书法展。

4月17日，参加在全国政协礼堂举行的李铎先生“以文会友”书画活动。

4月19日，去浙江台州市参加书画展，带四件作品，后送台州。并参观温岭、石塘、天台县国清寺等。

4月23日，去温州参加温州文化研讨会暨中国九珠潭老酒汗名酒授牌仪式。后到雁荡山参观。

4月28日，建团九十周年，为广饶县题词“永做时代先锋”。

5月4日，下午参加在人民大会堂举行的庆祝建团九十周年纪念大会，听取胡锦涛同志报告。晚在东营驻京办欢迎伍其东主任到任。

5月14日，马雪来谈中华慈善诗书画集，请李铎写“惟善为宝”。

5月18日，一行去潍坊参加市计生委庆祝第二十九届人口日笔会活动，送书法并会见刘曙光市长等。

5 月 26 日，参观在政协礼堂举办的黎尚谷道长三人书画展开幕式。

5 月 27 日，参观张飙“辛亥革命人物赋”书法展开幕式。

6 月 1 日，在江苏昆山大塘村参观。

6 月 2 日，在上海参加“养老产业发展论坛”并讲话。

6 月 3 日，在上海参观众仁苑和亲和源。中午和李本公参加冯国勤理事长的宴请。

6 月 6 日，和麻贵林等去潍坊、广饶、滨州、淄博考察老年产业。

6 月 11 日，在政协机关参加赴台前准备会议。

6 月 15 日，赴云南曲靖参加“清风化雨，检心为民”慈善大会。我一件四尺“明月几时有”书法作品拍卖十七万元，捐云南干旱灾区。

6 月 21 日，集体去北京出入境管理局办理赴台证件手续。

6 月 28 日，以林兆枢为团长、吴国祯为副团长的中国河洛文化参访团离京赴台进行为期八天的访问活动。上午 10: 30 起飞，下午 1: 30 抵台北桃园机场。中华侨联总会简汉生会长亲到机场迎接。住喜来登大酒店。下午拜会郭俊次先生，访中华侨联总会。晚拜会王建煊先生。

6 月 29 日，参访团拜会海基会江丙坤先生、立法院王金平先生和中华文化总会刘兆玄先生。参观中华语文知识库。下午，拜会国民党吴伯雄荣誉主席。参观资讯策进会数位教育研究所及数位学习中心。

6 月 30 日，参观台北故宫博物院，拜会华侨协会总会。参加“华文教育留根工程两岸合作推进”座谈会。晚参观最高建筑 101 大楼。搭乘世界最快电梯登上 89 楼，欣赏绚烂的台北夜景。

7 月 1 日，前往宜兰县，参观传统技艺中心，拜会大甲镇澜宫颜清标并出席其晚宴。夜宿台中长荣桂冠酒店。

7 月 2 日，参观雾峰林家花园和明台高中。中午前往埔里，参观中台禅寺，后游览日月潭。晚在摩天岭农业公司，傅金池董事长在石冈设晚宴。

7 月 3 日，上午前往彰化县鹿港镇，参观古街景及闽南文化。中午由彰化县副县长林田富在木生餐厅宴请。下午前往台南县，晚在度小月餐厅品尝台南传统美食。夜宿香格里拉台南远东国际大饭店。

7 月 4 日，参观台南鹿耳门正统圣母庙及延平郡王祠。下午赴高雄，参观打狗领事馆。宿高雄金典饭店。晚参加幸福人寿邓文聪董事长宴请。

7 月 5 日，上午参观凤邑开漳圣王庙。中午欢送午宴。下午 4:40 搭长宁 BR706 离高雄飞上海。晚 6:50 抵上海。上海市政协接机宴请。回京时飞机晚点，回到北京已经深夜 1 点半。紧张而又难忘的台湾之旅圆满结束。

7 月 10 日，召开出访总结会。

7 月 11 日，在家写字，徐光华三十四张，邓铜山六张。

7 月 13 日，晚，王晓玉先生在老上海宴请赴台参访团人员。

7 月 18 日，回广饶为岳母九十二岁祝寿。20 日返京。

7 月 30 日，陪同李铎先生冒雨赴石家庄。夜宿石家庄太行国宾馆。

7月31日，上午赴平山西柏坡参观，不断下雨。后写字一小时左右。午饭后乘车五小时返京，在莲花池会馆晚餐。

8月12日，参观中国美术馆“百年雄才”美术展。

8月13日，石军到京，任全国政协经济委员会驻会副主任。晚在雅轩聚会。

8月15日，在家书写《兰亭序》。

8月16日，山东单县刘务伦书法展在军博开幕，出席并讲话。

8月23日，赴西宁参加总会特洛凯“爱让生命传递”送药会议。26日返京。

8月28日，下午福建台办蔡尔申组织笔会，书四件作品。

8月30日，参加在人民大会堂举行的“刘彪慈善基金”成立大会，捐五百万元启动资金救助先心病儿童。

9月2日，在名人书画馆评选老龄委征集的书画作品。

9月6日，下午乘CZ3903航班赴成都，夜乘车到遂宁，考察老年产业。7日回京。

9月8日，在名人书画馆出席马骏中国山水画展开幕式。

9月22日，出席在名人书画馆举行的洪炜书法展开幕式。

9月26日，陪同李铎夫妇出席央视网游玉渊潭公园联欢笔会活动。

9月28日，晚上出席全国政协办公厅、中央统战部、国务院侨办、国务院港澳办、国务院台办在人民大会堂举行的国庆六十三周年招待会。

10月2日，陪同美籍台胞杨惇义医生夫妇去黑龙江、山东等地参观，至9日。

10月10日，中华慈善总会理事会议，名人书画院迎接十八大名人名家书画精品展开幕式，同时参加两个活动。

10月12—14日，去上海参加总会依瑞沙赠药会议。偶患感冒。

10月15—19日，老党员支部去河北保定参观。

10月22日，上午参加慈善总会会长办公会议，研究换届事宜。

10月29日，参加政协青年联合会在金厅召开的信仰、信念座谈会。

11月2—5日，应石国雄之邀赴安徽安庆参加福建商会的活动，并游览太平湖、黄山风景区。

11月8日，参加联络局组织的老干部参观游览故宫博物院活动。

11月16日，全国政协机关传达中共十八大精神。

11月26日，老党员支部集体学习十八大文件并参观刚落成的政协文史馆。

12月1日，参加北京世纪名人国际书画院在全国政协礼堂举办的“学习贯彻党的十八大精神”名人名家书画笔会。

12月3日，出席在总会召开的中慈国际交流中心理事会议，并听取邯郸政协副主席贾红军汇报“九九城”。

12月5日，晚，出席在人民大会堂举办的“世界志愿者日”文艺晚会。周铁农副委员长出席。

12月7日，参加商务部在清华大学举办的中国企业社会责任年会。

12月12日，参加慈善总会会长办公会议。原定的换届时间推迟到明年春“两会”之后进行。

12月16日，出席滨州政协书画院庆十八大晋京展开幕式。下午乘机去烟台、威海考察老年产业。

12月20日，去名人书画馆参观央视网书画院展览。

12月24日，乘机去临沂，乘车一小时到莒县，参加苗培红师生书画展，捐款三十万元助当地教育事业。25日返京。

12月26日，同张倩玉等荣誉副会长去本溪，参加张克思捐赠书法活动，拍卖一千一百万元捐给公安基金会。27日返京。

12月28日，陪同范宝俊会长等乘高铁去邯郸“九九城”考察。29日返京。

2013年（农历癸巳年）72岁

1月2日，赴福建长乐参加吴晓航、王诗蓓结婚仪式，书对联一副相赠。

1月3日，《诚信斋诗词书法选集》出版。李铎先生题写书名。

1月11日，上午听取江苏昆山大塘村老年产业工作汇报。

1月13日，在政协礼堂参加北京世纪名人国际书画院成立七周年书画笔会。

1月16日，参加机关老干部新春茶话会。下午同中慈国际交流中心同志一道学习十八大文件并发言。

1月19日，参加吕仁健、王飞飞同志新婚仪式，作为主婚人讲话，并赠送喜联。

1月21日，中华慈善总会联谊会在天泰宾馆举行，响应中央号召，勤俭节约，反对铺张浪费，不去京外开会。

2月3日，上午主持召开书画院院长会议，研究今年工作。郑质英同志因病医治无效逝世，参加在八宝山举行的告别仪式。

2月14日，在家写白居易《琵琶行》和张若虚《春江花月夜》。

2月15日，书画院部分同志在大有庄聚会。

2月16日，应邀为中兴联书画院写《道德经》第二十章，四尺整纸，已送交。

2月28日，在恭王府参观山东画家红楼人物展。

3月1日，参加中华慈善总会会长会议，拟定本月29日召开换届大会。

3月3日，曾祥辉同志率福建三明书画晋京展在名人书画馆开幕。我为展览题词。

3月12日，出席在首都图书馆举行的“熙斋同门六人书画展”开幕式。

3月14日，在家书写杜甫《秋兴八首》。

3月18日，在政协听取传达今年“两会”精神。

3月19日，崔勇波同志来谈书画展事，并送来他撰写的文章《俊逸雅致，简静平和——张道诚书法艺术探幽》一文。

3月20日，周双成在钓鱼台约请解思忠、罗辑、张二河、刘明、张柏、乌兰桃花等聚会。

3 月 22 日，上午总会会长会，通报换届筹备情况。

3 月 25 日，机关老党员支部开会，座谈“两会”精神。

3 月 26 日，陪同李铎先生到北京雷锋小学赠送书法作品。雷锋小学已办四十多年，同雷锋班建立了广泛的联系。

3 月 29 日，上午在民泰饭店参加中华慈善总会第四届代表大会。选举产生了新一届理事会和会长、副会长、秘书长等。我已经完成了自己的任务，被聘为顾问。

3 月 31 日，在万芳亭公园观看美籍华人李剑先生从海外购回的文物，并为朋友书写书法作品数件。

2014 年（农历甲午年）73 岁

1 月 4 日，去珠海出席陈培伦画展开幕式。

1 月 12 日，在政协礼堂参加北京世纪名人国际书画院八周年院庆笔会活动。

1 月 13 日，五人书画展在东营举行。参加开幕式后返京。

2 月 11 日，去东营参加刘双珉科达集团三十周年活动，题词“创神州卓越企业，铸世界知名品牌”。

2 月 18 日，从东营去河南林州参加慈善表彰大会。

2 月 19 日，在刘文现处参加笔会。参观中国文字博物馆。20 日返京。

2 月 22 日，召开北京世纪名人国际书画院第二十五次院长办公会。

3 月 7 日，马来西亚驻华使馆举办画展，出席并讲话。

3 月 12 日，到中山音乐堂向孙中山先生鞠躬（孙中山逝世八十九周年）。

3 月 27 日，出席在中央电视塔一层大厅举办的北兰亭上巳雅集书法晚会录制现场。

4 月 3 日，在政协礼堂东南厅听仝广成同志传达“两会”精神。

4 月 7 日，在京东宾馆参加“爱、行”轮椅培训。

4 月 19 日，岳母病重，返家去医院看望。

4 月 22 日，上午 11:45 岳母病逝。24 日火化入土。

5 月 9 日，在军博参观黄彩虹书法作品展。

5 月 12 日，出席中华儿慈会会议。

5 月 24 日，中韩书画展在国艺美术馆开幕。

5 月 25 日，率北京世纪名人国际书画院采风团乘高铁去合肥。中午在合肥午餐，吴雪等陪同。下午到岳西县，后参观天仙河、天堂山、彩虹瀑布，并举行笔会。29 日返京。

6 月 3 日，采风团去青州，后到广饶大王镇采风。5 日返京。

6 月 11 日，同麻贵林去上海谈项目。

6 月 17 日，去青岛参加刘双珉笔会，19 日返京。

6 月 21 日，应曲小兵邀请，同汪碧刚等同志去西柏坡参加采风笔会，22 日返京。

6 月 26 日，刘媛媛来谈孔子学院事宜。

6 月 28 日，张飙撰并书《甲午一百二十周年祭》展览在军博开幕。

7 月 3 日，同北京青爱教育基金会去青海西宁、玉树参加活动，7 日返京。

7月17日，向北京海淀得秀青敬老院送三十万元康复器材。

8月23日，随青爱教育基金会去北京西高碑店鑫新锅炉厂参观。

9月11日，同麻贵林去鹤壁市参观，赠送医疗器械。

9月16日，随青爱教育基金会去云南，后去芒市，乘车到盈江县召开座谈会，参观学校等。21日返京。

9月17日，由北京世纪名人国际书画院主办的以“盛世和谐·庆祝新中国成立六十五周年”为主题的第九届中国名人名家书画精品展，亮相全国政协会议中心。

9月23日，参加机关召集的学习习近平在政协六十五周年大会上的讲话，我发言。

10月16日，上午机关传达文件，部级干部生活待遇的有关事宜。下午召开书画院院长办公会，学习讨论习近平在文艺工作座谈会上的讲话。

我七十三岁生日，同事送字画、鲜花祝贺。

10月17日，下午去东营参加雪莲画院成立大会，并举办笔会。20日返京。

10月21日，下午去大屯街道笔会，送文化下乡。

10月26日，韩必省书画展在政协礼堂举办。

11月13日，去四川调研青爱基金会事。在成都到云南大学调研，后到重庆，与陈万杰会长座谈。17日返京。

11月18日，同苏庆玉等到十八里店红木家具参观张旭光“味道”书法展。

11月20日，青爱教育基金会给李克强总理写信，顾明远、魏久明已签字，后边我也签了名。

11月28日，下午去中国科技馆，参加国际科技和平周活动。

12月2日，上午在中慈交流中心开会，学习中组部和民政部文件，坚决执行中央决定，退出领导岗位。但在未建立起新班子前，坚守岗位，站好最后一班岗。苏庆玉也宣布退出。

12月4日，去广饶送五十辆轮椅，在大王养老院举行赠送仪式。

12月14日，在全总职工之家举行《中国梦》书画集首发式。

12月16日，传达李克强总理本月5日在北京青爱教育基金会的报告《万间小屋，万方福田——请克强总理关注青少年性健康教育，支持青爱工程》上的批示。

12月20日，下午双成邀去朝阳区张国兴工作室看画展。

12月28日，上午在钓鱼台芳菲苑举办省书协主席书法展。

12月29日，在家写孙过庭《书谱》。

2015年（农历乙未年）74岁

1月1日，元旦为教育网络书画台写作品两件。继续抄《书谱》。

1月3日，抄《书谱》。

1月5日，去中心。麻告，民政部已同意他继续做中心法人。

1月10日，北京世纪名人国际书画院成立九周年活动在全国政协礼堂东南厅举行，我讲话，送一件作品，是纪念陈毅同志的诗作。

1月15日，在钓鱼台十号楼举行“传承文化，传递爱”日月丽天庆典活动。拍卖茶后捐中心十万元。

1 月 17 日，在四季长安召开院长办公会。研究十周年庆祝活动，总结过去，展望未来十年工作，如何发挥民办书画院的作用，给中央写报告反映情况。

1 月 24 日，在世纪金源与陈博洲见面，介绍认识河北美女作家杜泓。

1 月 30 日，因感冒连吃七天中药，每天自己熬药。

2 月 7 日，北京世纪名人国际书画院组织书画家去昌平区北七家镇为农民义务写春联、送“福”字。

2 月 8 日，下午在政协礼堂举办青爱教育基金会学习李克强总理 12 月 5 日批示精神座谈会，周铁农副委员长出席，教育部、卫计委等一百六十人出席，王佐书主持。

2 月 10 日，参加中国作家协会在首都大酒店举办的老作家团拜会。

2 月 11 日，上午参加在政协礼堂举办的“中国英才人物”春节联谊会。

2 月 12 日，下午参加在钓鱼台举办的“四海迎春，翰墨传情”为驻华使馆写春联、送“福”字活动。由书协中直分会和中国书法研究院共同举办，有五十位书家参加。下午政协机关组织离退休老同志见面拜年会。

2 月 13 日，在青爱教育基金会开会。

2 月 26 日，人民政协报社组织召开座谈会，在里斯凯尔顿酒店举行，座谈中国书法的继承、弘扬、发展和创新问题，有十多人参加。

3月1日，下午京东合作发展促进会召开会长会议。

3月28日，上午同钱建恒等在宋瑞亭所长（山东诸城人）处写字“厚德载物”“胜日寻芳”等。

3月29日，在家写字，为全国第一家“青爱小屋”题“厚德载物”“白云阁”“听海观云”等。

4月1日，上午去中慈国际交流中心开会，接受中国青爱工程评估谈话。

4月2日，上午为李小成老师九十华诞写四尺整纸“寿”字。

4月3日，上午写小字，练习，计划抄写自己的诗作。

4月4日，清明小长假，天朗气清，惠风和畅。下午看台球，丁俊晖无缘决赛。预报晚有月全食，因阴天未看到。

4月5日，写诗。

风清气正望云天，闲来无事正堪眠。
蜡梅含笑抗寒流，樱花海棠春满园。
雾霾一扫艳阳日，重拳出击鬼破胆。
神州齐聚正能量，哪个猴儿还敢贪。

寒食清明有感

万物生长春时，皆清洁而明净，故谓之清明。
风正清明，万民欢腾。祭奠先烈，莫忘传承。
继往开来，攀登高峰。又逢寒食，永远清明。

4月6日，在家临帖，这是假期的最好选择。

4月8日，上午机关传达文件，有关周永康罪行通报。

4月10日，乘G43次高铁去曲阜参加中华文化标志城会议。宿东方儒家花园酒店3249房。因城中有土阜委曲，故名曲阜。

4月11日，上午中华文化标志城专家咨询委员会开会。增补四位副主任，十九位委员。省市县介绍情况。下午参观鲁园故城遗址公园、武家村文化大院、九龙山观景台、邹城因利河世行贷款项目。

4月12日，上午和下午大会发言。许嘉璐主任总结，因无时间，我递交书面发言。

4月13日，乘G264次高铁返京，中午到京。下午见冯丹藜董事长，她投资创办了“光彩明天”北京儿童眼科医院，是全国政协委员。院长为李天生。送“紫气东来”。

4月15日，雾霾天，晚风沙临近。

4月25日，去武清参加世侨二十二届书画联展开幕式。

4月27日，去昌平参加青爱教育基金会理事会，一天时间，晚饭后回。

5月7日，上午牛折桂来，谈他去威海画画事。下午与威海市政协原主席刘景春写字，他写甲骨文，我写行书，共写十一张。他送我一张甲骨文，我赠他字一件，并请转交市委组织部长田治颖一件“云水襟怀”。

5月8日，会见建宁县委书记郑建波（原泰宁县长）。

5月9日，上午召开北京世纪名人国际书画院第二十八次院长办公会议，研究展览和十周年院庆事宜。下午与钱建恒同一批山东老乡在一起写字。

5 月 11 日，天气忽冷忽热，在 10—13℃。口占一首：

立夏以后又复冬，褪去汗衫换棉绒。

老天不知因何故，冷热不分犯神经。

在家抄《心经》小字。

5 月 14 日，一年一度在北京医院查体。

5 月 27 日，在北三环鲜鱼馆会见马奎武先生等，为奎武诗集出版送诗一首。

5 月 28 日，上午同苏庆玉、王汉卿去通州，赵国斌（山东东阿人）爵士咖啡馆开业典礼，写字祝贺。

5 月 31 日，在家写《般若波罗蜜多心经》。

6 月 3 日，陪同苏庆玉去总部基地泛华集团，同董事长杨天举会见，总经理李均珊、文化部长滕博文、助理李天使陪同。

6 月 6 日，上午卢红焰女儿珍妮和赵庆林结婚，送喜帐。中午在西藏大厦同作协副主席吉狄马加、中宣部学平、青海宣传部副部长胡维忠等人会见。

6 月 7 日，参加人民政协报社举办的“一带一路”中东论坛，陈至立、郑万通同志出席。

6 月 8 日，上午在中慈国际交流中心参加理事会议。因年龄问题不再任理事长（去年 10 月已辞职），发表告别演说，结束了在中慈的任职。

6 月 25 日，上午在民族饭店参加张清智、于谋勇、李少青、刘俊京、张国云、祝秀琴等人“福颜六如书画联展”开幕式并讲话。

7 月 3—12 日，在银川沙湖度假酒店休假，宿 1227 房间。上午外出参观，下午休息。屋内摆好了笔墨纸砚。我每天午睡后即写字，计几十幅，直到把纸基本用完。去沙坡头、贺兰山岩画、张贤亮影视城、西夏王陵、博物馆、黄河楼、回乡文化园等。

7 月 19 日，晚曹兴强、关国平、周晓燕等在辽宁大厦谈青爱工程事宜。

7 月 21 日，机关上午传达有关令计划问题文件。

7 月 23 日，乘飞机到南昌，又乘汽车三小时到建宁参观交流笔会。28 日返京。

8 月 5 日，在顺义影视城齐白石曾孙齐京山处写字、参观。

8 月 14 日，在文化餐厅同平山县委书记李旭阳会见。

8 月 15 日，以“纪念世界反法西斯战争暨中国人民抗日战争胜利七十周年”为主题的第十届中国名人名家书画精品展在全国政协会议中心阳光厅举行。

8 月 17 日，核对书写的《孝经》《弟子规》《增广贤文》和《千字文》。

8 月 20 日，吕固亮和王震波同志来谈东营在大观园演出吕剧。

8 月 27 日，广东梅州抗日老战士书画展，写四尺供展出。下午雷学才来谈，计划从本月底车改开始。

8 月 29 日，书画院召开院长办公会议，筹备十周年事，拟设临时党支部。下午在大观园座谈会，乡情、乡味、乡韵，谈山东吕剧。晚观吕剧片段，已五十余年未看过了。

8 月 31 日，机关联络局李春江同志电话通知，自明日起，进行车改，原车收回，留五辆车，用时提前约。

9 月 3 日，参加在天安门广场的大阅兵观礼活动，阳光普照，大热天。

9 月 4 日，上午乘机赴梅州，住金沙湾大酒店 A701。面临梅江河，风景秀丽，散步好去处。

9 月 5 日，上午参加志愿者慰问抗战老战士会议，参加座谈会，参观展览。

9 月 6 日，上午参观叶剑英故里、展览馆。下午在李建华先生威华园参加笔会。

梅江蓝天飘白云，抗日老兵忆忠魂。

沧桑岁月留英名，犹唱凯歌战如神。

9 月 7 日，上午去千佛塔参观。刘来电话，让赶紧回京，说北京医院医生通知说我患上前列腺癌。

9 月 8 日，下午起飞返京，晚 8 时到京。

9 月 9 日，上午到医院查看结果。大夫让明天来住院，穿刺后确定，红雨、红光陪同到医院。

9 月 10 日，上午红雨陪我到医院办手续，在北楼 912 房间。检查肺部，做胸透。下午查心电图，认为心脏非常好，查血压偏高。

9 月 11 日，晨起验血，大小便留样。血压 145/78，体重 74. 5。上午三位大夫查房，说下周二穿刺。

9月12日，一夜无事，睁眼已近6点，遂穿衣下床。护士量体温，正常。阳光明媚。周六医生休息，不查房，难得的清静。大晴天，在阳台读书、看帖。下午红光、晓梅和刘来看望。

9月13日，晨起量体温。7:30早饭，休息半小时后散步半小时，在楼内转圈走。中午11:30午餐，同样休息半小时后散步半小时。5:30晚饭，同早、午动作。下午红雨和淑波来探望。

抄诗一首：

金沙湾边观梅江，橘红又闻稻花香。
人杰地灵英才出，中学拔萃数东江。

9月14日，上午8:30邓京平主治医生告诉我，11点请单位和家属来签字。10:00，邓和万奔主任告诉我，因核磁新机未安好，室内有粉尘，环境不宜做穿刺，故先不做，可以先回家去，国庆后再来。故决定明天上午出院。

9月16日，上午写字，平原朋友储小鹏结婚，写喜帐。下午游泳。

9月25日，下午在北师大经善堂，人民政协报社总编周北川邀出席“创业和创新论坛”。

9月29日，下午出席统战系统在大会堂举行的国庆招待会。

10月3日，上午东营延智与杨峰、王岭艳来谈，为农业促进会题“发展科技产业，造福百姓生活”，并受邀去参加。

10月4日，上午写字，下午游泳。如在家，一般半天写字，半天游泳。如果俱乐部不开门，便顺昆玉河散步。

10月8日，古历八月二十六，是我七十四岁生日，已经走过七十四年的道路。昨日已庆祝过了，今日便无所事事地过去了，平安无事。

10月15日，我书写的《孝经》《弟子规》《增广贤文》《千字文》今天正式印出来，两千本，送朋友欣赏。

10月21日，上午在京通饭店参加将军书画活动。王金育编辑出版的书画集内有我写的作品。下午在钓鱼台参加重阳节活动。

10月22日，上午在政协机关参加重阳节老干部联欢活动。

10月24日，北京世纪名人国际书画院召开第三十次院长办公会议，继续研究明年十周年院庆事宜。

10月26日，上午在市长协会同“猫王”赵桂芳研究书画册事。

10月29日，上午坐李小成车去东营河口区参加笔会，11月1日返京。宿河口宾馆8326室。

11月5日，在钓鱼台参加大数据时代的文化+科技+金融+创新驱动战略研讨会。

11月19日，召开书画院成立十周年筹备工作会议，落实各项工作。

11月20日，晚乘车去东营参加科技农业促进会成立大会。

11月26日，下午在中国画院参加山水家园国画展开幕式，龙瑞出席，有陈博洲画参展。

11月28日，上午参加荣宝斋举办的安徽画家画黄山展览开幕式。

12 月 6 日，去张凤荣拍卖公司处，写一幅“天行健，君子以自强不息；地势坤，君子以厚德载物”四尺整张，现场拍五千元，捐慈善会。

12 月 7 日，北京市发布红色雾霾天气预警，三天，幼儿园、中小学不上课。

12 月 10 日，上午在书画频道书画馆举行张飚先生班禅大师语句书首发式和书法展。

12 月 12 日，下午在政协礼堂举行青爱工程座谈会，严隽琪副委员长出席。

12 月 18—20 日，陪钱建恒去莒县，山东建龙管道公司董事长韩作红邀请。我为题写公司名称，已镌刻公司大门口。

12 月 23—25 日，同苏庆玉、王汉卿在江西宜春活动，晚宿武功山度假村，应刘团芳邀请。

2016 年（农历丙申年）75 岁

2 月 8 日，春节假期，除会友外，在家抄《心经》。假期结束后，主要是每天或隔天游泳和抄《心经》，写字练书法和散步。

3 月 13 日，政协会期间，看望委员老朋友。

3 月 16 日，与苏会长在东升科技园村凯莱酒店见朋友。

3 月 17 日，在沙河马俊处写字。下午机关传达文件。

3 月 20 日，李明忠撰文《中国梦》，让我用毛笔抄出，请李蒙副主席题写书名。写了三个半天完成。

3 月 23 日，与庆玉同志到新疆驻京办事处书法交流。

4 月 5 日，孟霞、婉芹、秀玲等同志来玉渊潭观赏樱花，共进午餐。

4月24日，参加王修圣女儿王莹和郑志东婚礼。

4月26日，由北京世纪名人国际书画院、中共北京市朝阳区委奥运村街道工委、朝阳区人民政府奥运村街道办事处联合举办的“美丽中国 幸福奥运村”主题笔会在名人书画院举行。

5月8日，飞赤峰，应邀参加全国名家扇面展开幕式。参加王晓峰组织的笔会。

5月17日，在机关传达文件，关于令计划问题。

5月19日，上午去周斌处参加笔会。

5月20日，收到刘明忠快递，《中国梦》修改稿重写部分。

5月24日，上午在北京医院做核磁共振。

5月30日，北京医院邓京平主任让住院，908房间。

6月6日，穿刺前列腺，四针，没发烧，一切正常。

6月8日，万奔主任查房，让出院回家。

6月14日，医院告结果，没有问题，怀疑取消。

6月17日，上午东营市在总工会职工之家开会，研究京津一体化，东营如何融入事宜。

6月18日，上午参加在政协礼堂举办的周洪兴教授楷书书法展。

6月19日，上午在东单画廊举办江苏画家画展。下午书画展评选作品。

6月26日，东营市在保利礼堂举办推介会，展演儿童剧。

6月27日，全国政协机关在多功能厅举办书画展，前去参观学习。

7 月 8 日，上午参加陈锦华同志告别仪式。2002 年曾陪同陈副主席访欧，参加经社理事会。

7 月 12 日，李明忠先生来取走送人作品。

7 月 23 日，参加在国美艺术馆举办的北京世纪名人国际书画院名人名家书画精品展开幕式。

8 月 7 日，苗苗十五岁生日，全家在顺峰聚会祝贺。今年升高中，被理工大附中录取，考 547 分，初三已经入团了。

8 月 17 日，在东营参加刘双珉先生举办的城市地下管廊建设座谈会，后去广饶。

8 月 19 日，青州书画院接去参加活动，20 日晚回京。

9 月 1—5 日，焦爱富先生组织写《孙子兵法》出书。我接连几天书写九十多张，5 日已写完。

9 月 22 日，北京世纪名人国际书画院组织去云南普洱采风。因刘病未去成，提供十件作品带去。

9 月 28 日，下午参加统战口国庆招待会。

10 月 9 日，重阳节，北京世纪名人国际书画院在中办俱乐部举办笔会，给老同志写“福”字。

10 月 29—31 日，与崔勇波、官景辉去广饶、淄博参加笔会。

11 月 2 日，上午机关传达中共十八届六中全会精神。

立德乐群迎阳光，冬寒北国雪飞扬。
来来去去度春秋，也是细雨敲南窗。

11 月 13 日，中午陪同李卫海、小成去北大汪碧刚的城市管理学院，汪任副院长。

11 月 16—19 日，去山西朔州参加霍青文“澜沧古茶朔州品鉴中心”开业庆典。写字。

昨夜雪花飞，今日严寒到。
北风刺骨冷，犹如削皮刀。
好在有丽日，暖阳当头照。
蓝天万里碧，心随逐浪高。

11 月 23 日，李明忠提出修改意见，增加内容书写后寄去。

12 月 1 日，手机突然坏了，死机。时代不同了，如今的人们没有手机，似乎失去自由一样，失去了消息，便失去了联系。

12 月 2 日，整理大事年表，写《心经》。

12 月 8 日，张钧利同志来。钧利是位石油青年，喜欢写诗，因诗集出版，陈培伦推荐我为诗集写序言而相识。这是第一次见面。

12 月 18 日，参加杨兴富组织的科发智库活动。

12 月 21 日，参加韩美林先生在国博举办的八十美术大展。高朋满座，人山人海，颇为壮观。我写一藏头诗祝贺。

2017 年（农历丁酉年）76 岁

1 月 1 日，新年贺词：

周而复始又一年，圆点起始开好篇。

齐心同筑中国梦，敢教日月换新天。

不忘初心永前进，创新才能破万难。

紧跟时代迈大步，快乐赛过活神仙。

1 月 8 日，北京世纪名人国际书画院成立十一周年暨新年笔会在中国政协文史馆举行。

1 月 14 日，出席崔勇波任院长的睿奇书画院书法展开幕式。

1 月 16 日，上午机关领导张庆黎等看望我等离退休老同志并共进午餐。

1 月 19 日，参加肖东生任院长的经典文化书画院活动，同时有张飚、张华等人参加。

1 月 24 日，全国政协机关团拜会在礼堂举行。俞正声主席讲话。

1 月 27 日，大年除夕，红光一家三口来包饺子。晚看春晚，因不适早睡。

1 月 28 日，有电话早来拜年。晚上红雨一家来共进晚餐。

1 月 29 日，红光一家返东部。苗苗下午去泰国游学。

2 月 8 日，陈博洲大儿子陈冠臻、儿媳雷柠忆 3 月 26 日结婚，写对联送。

2 月 10 日，浙江慈溪市严映君来函索字，写好寄去。辽宁沈阳陈萱老师索字，赠字五件。吉林市昌邑邮局 18—5 信箱张海川索字，寄去。

2 月 11 日，元宵节。

一样明月一样天，九州同庆丁酉年。

火树银花闹元宵，地北天南春意满。

嫩柳河边吐新芽，小草破土逐春寒。

金鸡报晓好兆头，只缺雪灯来上元。

2 月 19 日，北京世纪名人国际书画院召开第三十四次院长办公会议，研究今年工作，决定今年的精品展于 10 月份举行，主要围绕迎接十九大创作书画。

2 月 24 日，发给玉树民族中学校长尼玛两幅字，“自律是最强者的本能，拼搏是优胜者的基因”“努力到无能为力，拼搏到感动自己”。

2 月 25 日，参加在国清美术馆举办的“孙子兵法书法展”开幕式。有十七位上将、十一位中将、六十二位少将的书法作品参展。

3 月 2 日，一年一度全国政协大会前的记者招待会。会后，下午 5 点中纪委发布新闻，孙怀山因严重违纪，正接受组织审查。

3 月 8 日，今日在家写《心经》。

3 月 12 日，晚《新闻联播》，免去孙怀山政协常委、港澳台侨委主任，撤销委员资格。

3 月 17 日，参加机关的传达“两会”精神会议。

3 月 18 日，参加“墨翠墨宝”开业典礼，送字祝贺。

3 月 29 日，参加张旭光北兰亭丁酉上巳雅集活动，在圆明园举办，作逢春诗一首。

桃红柳绿艳阳天，丁酉雅集开新篇。

群贤毕至北兰亭，惠风和畅圆明园。

4 月 1 日，今晨中央台广播成立雄安新区，是千年大计。

4 月 5 日，送习近平论廉政书法作品参展。“若以水济水，谁能食之？若琴瑟之专壹，谁能听之？”（《左传・昭公二十年》）

4 月 16 日，武清弘道艺术馆，中韩书法“一带一路”展开幕式。

4 月 17 日，临海征稿庆建军九十周年。

继往开来军旗红，将士浴血立奇功。

钢铁长城固江山，人民幸福百业兴。

策马扬鞭奔小康，莺歌燕舞颂英雄。

不忘初心加油干，神州万里沐春风。

4 月 20 日，乘车赴怀来沙城。翌日，参加沙城四中足球进校园活动，下午返回。

4 月 22 日，在海淀红博馆参加王巨亭先生画展开幕式。

4 月 23 日，刘子花回家，母亲不让出来了。上午去北里家政公司找了一个甘肃两当县的余文娟来做家政。

4 月 28 日，去亦庄在晟天集团参观。晚在东方花园与王永和、高树解等见面。

5 月 5 日，去林州参加《中华儿女》杂志社组织的五四青年节活动。与红旗渠精神传承人乔书领同志座谈并发言。6 日返京。

5 月 8 日，送肖思科书两本；字两件，“云水襟怀”和“红旗渠精神”。晚在梦桃园与苏、华、曹、李等见面，送字给二人。

5 月 9 日，送杨正泉书两本。抄《心经》。

5 月 10 日，晚在方庄芳城园日月天地大厦 B 座 3102 与蒙古族朋友见面。

5 月 13 日，这几天一直在抄《心经》，已抄百余件。已送人，有多数未记录。

5 月 14 日，全家在居合兴庆祝母亲节。

5 月 16 日，与苏去北大国学社。李明忠的《中国梦》一书又有新改动，下午重写后寄上。浙江慈溪一学生索字，写后寄上。

5 月 17 日，甘肃平西县“一带一路”博物馆开馆，受邀去参加。因感冒未去，写去贺词。

“一带一路”高峰论坛礼贺

神州蓝图已绘成，八方勠力举世惊。
思路精神开新篇，千帆万乘海路行。
广结善缘增国力，横贯欧亚连西东。
天下良朋来聚会，红旗一杆飘宇中。

5 月 18 日，35℃，抄《心经》。忽如一夜清风来，高温吹得无影踪。

5 月 19 日，去北大汪碧刚处谈工作。

5 月 20 日，北京世纪名人国际书画院在北京梅地亚中心召开

《名人名家书画报》出版七十期座谈会，出席并讲话。

5 月 21 日，迎十九大中直书画展。

5 月 24 日，上午在政协机关参加支部会议，选总支书。传达文件。参加蒋秋霞中国诗词文化协会换届会。蒋仍为会长。

5 月 25 日，接受东营电视台采访。

6 月 4 日，已抄《心经》一百一十一件。

6 月 7 日，上午机关公开传达中央对孙怀山双开的文件，张庆黎讲话，惊醒警示教育。

6 月 9 日，去山东临沂县参加山东和圣文化研究会并参观牛郎织女洞。和圣即柳下惠，比孔还早。11 日返京。

6 月 12 日，广饶驻京招商办宋志军等三人来谈工作。下午郑丙枢来索字“百折不回头，三思方举步”。

6 月 18 日，上午去大兴狼垡芦花路 1 号城乡文化创意产业园，参加晟天集团和鸿钰学校联合办的“一带一路”中欧教育合作办学新祝预启动仪式。题字：1. 守正创新；2. 百年大计，为国育才；3. 化洽菁莪，芳滕桃李。

6 月 29 日，寄给钟景训同志，王兵索字“厚德家业兴”。

6 月 30 日，与苏庆玉等参加定军山影业活动。

7 月 1 日，上午在荣宝斋参加贾起家“兰亭墨韵”书法展开幕式，田成平、林岫等出席。

7 月 3 日，同苏庆玉陪广饶驻京招商办去国科汇金，李丽梅、李建华约谈。题写李建华父《李文斌教育文集》书名。

7 月 8 日，上午天盾书画院庆祝香港回归二十周年书法展在世纪坛展馆举行，有我作品一件。

7 月 9 日，与内蒙古巴达玛通电话。1979 年 4 月同去日本访问。

7 月 9 日，在西城区第一文化馆举行绍兴区印象展览。题词“弘扬主旋律，人民为中心”交后弄丢了。

7 月 11 日，钟景训致电，寄给王兵的字未收到，又重写一件，快递过去。

7 月 15 日，中央国家机关迎十九大书画展在世纪坛举行，参加开幕式。

7 月 17 日，道家书画院成立，黄信阳任院长，聘我为名誉院长，因故未参加。

7 月 21 日，胡忠信负责的恒爱基金会已经北京市民政局批准成立。文菊为秘书长，董华伟、苏庆玉和我为顾问。

7 月 23 日，余弟寄来西和麻纸，试用不错。

西和麻纸秀，挥毫绵而柔。
杈树皮质料，土法手工留。
已有千年史，今朝更是牛。
仿古好书画，光彩溢九州。

7 月 25 日，为石家庄联邦学校题词：1. 厚德载物；2. 上善若水；3. 教育的生命即生命的教育。

7 月 26 日，下午乘 G619 去石家庄，住河北饭店。晚见赵宝玉、杜泓。

7 月 27 日，上午参加实验学校落成典礼。下午回京。

7月28日，去南苑空军第一工程总队慰问。

7月30日，与李波同志共进午餐。书四条字。又书给朱呈镕“红嫂精神代代传”。

8月1日，上午在人民大会堂参加庆祝建军九十周年大会，习近平同志讲话。下午李小成“雅彩墨舞”展出。坐车两小时，硬是未找到。返回，晚又去参观。

8月3日，昨夜手机坏了，今上午去修，花一千三百五十元。

8月4日，红雨一家去日本了。我去给在家的猫喂食，清理卫生，但猫不叫也不出来。

8月5日，东城区赵焕君来函要出父亲的书，让题写书名“新中国建设者赵广黎同志”，题好寄去。

8月6日，下午游泳，后去书画室，为工作人员张雪写“安之若素”。工人进户拆管子，拆除卫生间。

8月7日，今日苗苗十六周岁了，发微信祝生日快乐。今日下午立秋，虽然还很热，但已进秋天了。

8月12日，上午在家抄《心经》，下午游泳后写大字。这几日家中施工声大。每天除游泳外，即在中办俱乐部写字，或在家抄《心经》。

8月19日，下午乘G29从北京南站去合肥，参加“不忘初心，致敬青春——汪碧刚书法作品展”。赵立凡、张铜彦、朱守道等同行。宿齐云山庄1501。

8月20日，上午汪碧刚书法作品展在合肥亚明艺术馆开幕，我讲话祝贺。下午参观肥西县三河古镇，并参加慰问、笔会。

8月21日，上午与安徽文艺界交流座谈。午后返京。家中继续修房子，声音不绝于耳。

8 月 24 日，中午在龙山水同毛主席女儿李讷及其丈夫王景清共进午餐。还有华捷、李杨、苏庆玉等。我书“寿”字送李。

8 月 25 日，陪苏庆玉同志去京东部苏红梅、雍正家（雍兴子）进行书法交流活动。

8 月 27 日，雨天，在家抄《心经》，已抄到一百六十八件。

8 月 29 日，昨天吴鸿菊大姐逝世，今上午去武警医院参加告别仪式。吴八十一岁，突发心脏病去世，子陈德、女陈惠及诸多同事参加。

8 月 30 日，为沈阳《书画市场报》十五年创刊题词：“神妙能逸润精，气韵思景笔墨。”

9 月 3 日，名人书画院在西部乐园开会，汪碧刚答谢各位同人出席他在安徽的个展，并研究 10 月展览事宜。

9 月 10 日，上午在南苑空军基地，书画院评选参展作品。

9 月 12 日，下午在世纪坛参观吕正操事迹摄影展，由刘红路等同志筹展。

9 月 13 日，中办老干部俱乐部迎十九大书画展征稿，我送两件作品参展。在俱乐部为俊茹画题“山里人家”。

9 月 16 日，山东枣庄王金海同志来谈书画巡展事。抄《心经》已到一百八十二件。

9 月 19 日，下午去江苏江阴参加活动。22 日回京。

9 月 23 日，上午在国家大剧院参加由《羲之书画报》、硬笔书协主办的诗书画印获奖者大会。我应邀颁奖。

9 月 24 日，文菊同志邀去家中聚餐。苏庆玉、董华伟、胡忠信等中午聚会。午后与薛居波等乘车去滨州。

9 月 25 日，上午参加在滨州无棣北海开发区举行的鸟文化节开幕式，下午与小成去东营市河口区。

9 月 26 日，上午李强、谷月新婚典礼，我做主婚人。下午笔会。

9 月 27 日，上午笔会交流。下午返京。

9 月 30 日，上午同陈培伦乘高铁去河南滑县参加培伦弟子靳军书画展开幕式。宿宏达集团总部，董事长李国军，总书记李国民。

10 月 1 日，上午参加靳军画展开幕式，下午笔会。

10 月 2 日，上午去赵紫阳故居参观，下午去道口参观，后去鹤壁乘高铁返京。

10 月 11 日，在机关听文件，传达关于孙政才问题的通报。

10 月 12 日，上午在恒爱慈助公益基金会开会。

10 月 14 日，北京世纪名人国际书画院迎接十九大书画展开幕，致开幕词。晚同王亮、华捷同志去江苏盐城参加活动。

10 月 15 日，上午在盐城参加庆祝活动。晚返京。写“家和万事兴”“马到成功”。

10 月 16 日，与苏庆玉去北大国学社参观。

10 月 17 日，中午与同人共同过生日，已七十六周岁了。

生日感赋

坐七望八一瞬间，似水长流度华年。

不忘初心永攀登，高峰仍旧在眼前。

甩开膀子大步走，撸起袖子加油干。

往昔年华如何看，豪情似火仍依然。

10 月 18 日，中共十九大开幕，坐电视机前三个半小时，聆听习近平同志讲话。

10 月 19 日，为北京恒爱慈善基金会题写“诚信创新，精准扶贫”。

10 月 27 日，权希军师生展在民族宫开幕。

11 月 3 日，参加全国政协机关离退休干部重阳节活动，大合唱。

11 月 10 日，上午参加北京恒爱慈助公益基金会成立大会。胡忠信为会长，文菊为秘书长。

11 月 18 日，晚参加封勇拜师会，陈培伦、赵勇、汪碧刚、李小成、崔勇波、靳军等参加。

11 月 19 日，北京世纪名人国际书画院“学习贯彻十九大精神”书画笔会在中国政协文史馆举行。汪碧刚主持，朱守道讲话，我开笔书丈二“不忘初心，牢记使命”八字。

11 月 27 日，参加在政协礼堂举行的中国防艾工程第三次全国座谈会。

11 月 29 日，上午机关传达中央原总政主任张阳自缢身亡的通报（昨晚《新闻联播》已报）。

12 月 3 日，参加政协礼堂博爱基金会举行的慈善晚会。

12 月 5 日，在家写《兰亭集序》。

12 月 7 日，下午赴上海参加慈善晚会。

12 月 8 日，上午参观，晚参加慈善晚会。

12 月 9 日，上午去徐颖家。中午在上海百将基金会，见王世思、房淑桂同学。下午返京。

12 月 14 日，参加政协机关为老干部举行的通报会。刘家强副秘书长通报近几个月政协工作情况。

12 月 15 日，为政协机关老干部局写“福”字百个。晚在国宏宾馆看望来京参加流动党员活动的广饶县委书记梁润生、县长宋学华。

12 月 21 日，在家读孙晓云书《书法有法》一书，是从沙洪洲处借读。

12 月 22 日，晚在信阳饭店会见河南郑州市委宣传部焦部长、301 医院周其文医生。

12 月 23 日，今天读完《书法有法》，送还时，沙说又找到一本，这本就送给我了，致谢。

12 月 24 日，收到张飙先生作品一件（四尺）、台历一本，致谢。

12 月 26 日，书画院走基层、进大学、送文化下乡，到北京政治职业学院为老师学生写字作画。

12 月 27 日，上午《人民美术家》杂志韩丽萍同志来谈，要为我出一专刊，取走十余件作品。下午李小成工作室七人山水画展在博宝美术馆开幕，我出席并讲话祝贺。

12 月 29 日，政协礼堂上午举行新年茶话会，习近平总书记讲话。

2018 年（农历戊戌年）77 岁

1 月 1 日，在家抄写《天安门赋》《洛神赋》。

1 月 4 日，《名人名家书画报》出版我书法作品二三版，加印千份。

1 月 6 日，上午北京世纪名人国际书画院十二周年院庆暨新年笔会在中国政协文史馆 10 层举行，百余人参加，我致祝辞。

2 月 6 日，参加机关领导看望离退休同志活动。

2 月 8 日，参加政协机关团拜活动。

2 月 9 日，书画院组织书画家去海淀区街道为群众写“福”字。

2 月 24 日，罗豪才副主席逝世，参加告别式。

2 月 28 日，去上海参加慈善活动。次日回京。

3 月 3 日，政协十三届一次会议开幕，在家看电视。近几天整理东西，陆续搬家到一层一号。

3 月 14 日，已搬到 101 暂住。1401 开始装修，至 6 月底完成。

3 月 18 日，上午去高碑店参加二月二活动。中午与李讷、王景清夫妇午餐。

3 月 22 日，上午在民进中央听王佐书同志讲工作。下午送彤彤爸爸回山东，拉去旧家具等。

3 月 29 日，在梦桃园会见侯隽同志等，送字并合影。

4 月 13 日，名人书画院和道协书画院联合组织笔会活动。

4 月 14 日，去南京参加慈善活动。

4 月 15 日，去无锡参加李晓荣养生堂活动。后去兴化菜花节。

4 月 19 日，去 301 看中医，去中西医结合医院取药。晚在双安商场宴请尼玛校长、白玛老师。

4 月 21 日，参加张旭光巴黎书展后举办的北京展开幕式。下午参加中国硬笔书法展暨表彰会。

4 月 26 日，李波同志来，送他画的我的油画像。

5 月 6 日，上午参加名人书画院同蓝天筑航公司联谊活动。

5 月 11 日，去上海参加慈善活动。

5 月 16 日，李治时同志送书《我的往事回忆》，我回送一幅字“云水襟怀，道德文章”。

5 月 22 日，党支部组织去北京植物园参观活动。

5 月 24 日，上午在政协礼堂，参加中国诗词文化协会换届会议，蒋秋霞任会长。去八宝山为孙孚凌副主席送行。

5 月 27 日，1401 装修基本完工，唐平安等撤去。

6 月 2 日，上午在政协礼堂，第九届“羲之杯”全国诗书画邀请赛发奖大会。

6 月 7 日，下午在国际饭店出席北京双鸭山企业商会成立大会。

6 月 8 日，下午京东合作发展促进会理事会在职工之家召开。

6 月 13 日，陆续往楼上搬东西。

6 月 15 日，张倩玉司机开车去潍坊参加活动，宿鸢飞酒店。

6 月 16 日，参观养老院。下午返京。

6 月 19 日，出席“稚子欢歌——李小成水墨童趣作品主题展”画展开幕式。

6月21日，上午书柜等全部搬回，书上架。其余全部完工，工人撤去。

6月25日，送别赵南起同志。

6月29日，参加书画院党员干部七一座谈。

7月11日，下午去机关听传达张阳问题的通报。

7月22日，在北戴河散步时摔了一下，右大腿起一大包。每天下海游泳，其余在家抄《心经》，为同志写大字。

7月29日，游泳后上岸在沙滩上未坐好，椅子坏了，摔了一下。

8月3日，返京。

8月6日，去辽宁营口参加望儿山母亲节。烈日当头，汗流浃背。

8月10日，飞威海，在女儿家住一周。

8月16日，离威海去广饶看望，宿蓝海8511。下午去父母坟上拜祭。

8月18日，离广饶返京，到京后知家乡大雨。

8月28日，乘机去呼和浩特。宿兴泰航空酒店1913。参加新聚眼科医院三十周年庆。送六尺书法“精医惠民三十载，仁心厚德济苍生”。

8月29日，中午，四十年前一起访日的娜仁巴达玛请吃蒙餐。

8月31日，从101搬回1401，结束了五个多月的一层生活。

9月6日，参加东部35号中国菜开业，送字贺。

9月8日，上午去吉林松原市，参加汤潮个唱晚会，送字与汤潮，贺小沈阳。参观龙华寺、查干湖、妙园寺等。

9 月 10 日，乘机返京，经停朝阳。

9 月 11 日，写《心经》。写字“一切为了孩子”（华捷要）。

9 月 15 日，在华捷处，识孙永明，晚卢祥请在 99 顶毡房。

9 月 16 日，召开北京世纪名人国际书画院第三十八次院长办公会议，评选展览作品。

9 月 19 日，飞重庆，参加陈博洲组织的“山水之城，美丽之地”画家画重庆启动仪式。市委常委、宣传部长张鸣出席。

9 月 21 日，参加中办老干部康乐中心组织的中秋活动。

9 月 25 日，参加中国科技会堂举办的“诗与画颁奖大会”。

10 月 13 日，苗苗学校举办成人节，红光、晓梅参加，苗苗回家来照相。

10 月 15 日，名人书画院在中办老干部俱乐部举行笔会，庆祝重阳节，慰问老干部。

10 月 16 日，参加机关老干部重阳节茶话会。

10 月 17 日，名人书画院主办的“纪念改革开放四十周年”第十三届中国名人名家书画精品展在中国政协文史馆举行开幕式，展出一百九十二件作品。

10 月 25 日，张倩玉向潍坊乐享天成捐五百万元图书，建五十个爱心图书室。王树峰、高守华等参加捐赠仪式。

10 月 31 日，名人书画院在信阳馆宴请安徽文联美协进京展诸同志，主要研究画的问题。

11 月 3 日，田式国教授来取字。

11 月 4 日，去广州参加凤凰公益基金活动。陪张倩玉去，席间偶遇吴桂贤同志合影。

11 月 7 日，上午在俱乐部同年轻同志合影并送字、书。晚在眉州晚餐，为刘祝寿，女儿安排。

11 月 14 日，同张倩玉等去日照，商议送书事宜。

11 月 20 日，上午京燕饭店举行硬笔书画评委会，评选得奖作品。

11 月 30 日，上午机关离退休干部支部会议，新增十二人。晚在千禧饭店活动，陪张倩玉参加。

12 月 8 日，下午驻京办举行“家在黄河口”娓娓道来座谈会。

12 月 9 日，北京世纪名人国际书画院在院部会议室召开第三十九次院长办公（扩大）会议，张铜彦请辞，婉言劝阻，同意留任。

12 月 10 日，去潍坊参加首届中国青少年家教高层论坛并致辞。

12 月 19 日，纪念毛泽东同志诞辰一百二十五周年电影观影会在人民大会堂三楼小礼堂举行，放映电影《领袖 1935》。

12 月 20 日，参加黄卫根先生新书《流年若梦》出版发布会。我为题“任凭年华如流水，豪情依然似火烧”。

12 月 25 日，上午张坤山先生《坤山墨语》出版暨书法展在八一美术馆开幕。

12 月 26 日，去河北承德参加张倩玉组织的首届中华慈善总会大众文化慈善基金会送文化下乡义务演出第一场。计划全国巡演百场。

12 月 29 日，同汪碧刚一道参加山东临沂市社会爱心联合会举办的第五届临沂市十大爱心单位、十大爱心人物颁奖盛典。

12 月 30 日，返京。碧刚去杭州。

2019 年（己亥年）78 岁

1 月 1 日，应邀参加张翔、李璇结婚仪式，送喜联一副：“金屋才高吟白雪，玉堂春早艳红梅。”今天元旦，书贺新年一首：

阳光明媚好，雾霾也坦然。
岁月如流水，转眼又一年。
金犬难忘怀，肥猪进春天。
奋进新时代，更需再加鞭。
不知老将至，耀高要争先。

1 月 4 日，今天是农历十一月二十九日，是我大哥道训八十生日，发微信祝福。

1 月 6 日，北京世纪名人国际书画院成立十三周年院庆，上午在中国政协文史馆举行，汪碧刚主持，我致辞。之后笔会。张飙开笔，书“新时代，高起点，巨征程，大格局”。晚去良乡长阳参观马新林画室、贺成才画室。杨坤（此处董事长）赠送金色墨汁。我书写“东方风来满眼春”。

1 月 10 日，陪盛洪明同志去广州参加中国、菲律宾专业人员合作中心揭幕仪式暨新闻发布会。会见菲律宾副部长一行。

1 月 13 日，北京世纪名人国际书画院组织去房山区苏庄三里社区义务写春联。这里的党支部是先进支部，受益匪浅。

1 月 17 日，同张倩玉去武汉参加慈善活动。《延安精神大爱魂》演出。康亦健向中慈捐一百五十万元。

1 月 23 日，应邀参加“少年强，中国强，与爱同行，走进广饶”公益慈善晚会，在县会议中心礼堂举行。

2 月 1 日，上午去机关参加全国政协机关团拜会，汪洋主席致辞拜年。

2 月 4 日，除夕，包饺子看春晚，抢红包。

2 月 5 日

春节感赋

银犬飞离，金猪拱门。除旧纳福，万象更新。

日照神州，春满乾坤。牢记使命，不忘初心。

雅量高远，诗书在近。大展宏图，幸福靠拼。

吉祥如意，诸事顺遂。

2 月 16 日，去泰安参加朋友宗世林、朱泓烨婚礼，送喜联。

2 月 18 日，北京世纪名人国际书画院在院部会议室召开第四十次院长办公（扩大）会议，决定启动以“庆祝新中国成立七十周年”为主题的第十四届中国名人名家书画精品展。

2 月 24 日

说 游 泳

走路腿疼，下水如龙。双腿抖动，用力猛冲。

呼吸均匀，眼望星空。十个来回，四十分钟。

一次千米，任务完成。上岸冲澡，淋浴朦胧。

3 月 1 日，在海淀区西四环北路 117 号凯瑞御仙都三楼大厅，参加李海涛先生追思会。李海涛先生于2 月 15 日在海南谢世，享年八十八岁，是有名的海洋画家。我同他夫人肖凯于 1965 年认识，“文革”中失联。李是青岛人，满族，中国画海第一人，一生与海有缘，海之恋，恋之海。

3 月 9 日，去广州参加慈善晚会。

3 月 10 日，上午返京，后去陈培伦工作室，为沈鹏八十八岁生日作画，汪碧刚、刘欣茹、李小成、王巨亭、孙德才等参加。

3 月 15 日，参加北京中关村精准医院基金会成立大会。

3 月 27 日，上午参加八骏笔会活动。

4 月 10 日，上午机关组织老干部支部去通州参观。到北京市政协新办公大楼参观，杨艺文副主席陪同。

4 月 14 日，参加北京传统书画艺术研究会举办的“大道同行，上巳雅集”活动，在御园国际酒店举行。

4 月 16 日，去河北邯郸市广平县送书，参加张倩玉大众慈善基金会活动。县委书记出席并讲话。

4 月 19 日，去陕西咸阳参加中韩书画协会暨世侨书协举办的书画展览会，并在西安参观。

4 月 27 日，参加在京燕饭店举办的第六届“相约北京”全国文学艺术网颁奖大会。

4 月 28 日，参加在祁贤堂举办的泰安书画展。

4 月 30 日，收听习近平同志在庆祝五四青年节一百周年大会上的讲话。

5 月 6 日，海霞告，周铁农副委员长为陈博洲题词已写好，一是“博象艺术馆”，二是“弘扬中华民族传统文化”。

5 月 7 日，去辽宁盘锦参加大众基金捐赠签约仪式，张倩玉基金会捐三百零五万元图书。

5 月 12 日，北京世纪名人国际书画院中国画创作委员会秘书长陈培伦邀请二十多位画家座谈关于展览事宜。

5 月 16 日，住院查体，做肠胃镜。

一抹夕阳穿薄雾，窗前伊人觅诗句。
白屋红顶楼下树，遮住远处标志物。
雾锁京城高建筑，目光只见街上物。
欲登楼顶千里目，借用东风扫雾去。

5 月 18 日，上午于八宝山梅厅参加王毅存同志遗体告别仪式。晚参加南京银行北京分行创建十周年活动。

5 月 23 日，今天 36℃，特热。

阳光日照似火烧，万里晴空不染尘。
关窗闭门躲暑天，读书写字不出门。

5 月 24 日，大热天。

闷热难熬天阴沉，微风不知何处寻。

树梢不懂雾迷漫，阳光却被遮厚云。

5 月 25 日，书画院去杭州萧山采风。

5 月 3 日，写庆祝人民政协成立七十周年作品。

风雨沧桑七十春，协商议政为人民。
团结民主队伍壮，和谐阵营肝胆亲。
凝智聚力促发展，圆梦中国有雄心。
不畏险阻攀高峰，砥砺前行抖精神。

6 月 7 日，全国高考。孙女苗苗今天上午考语文，下午考数学；明天上午考综合类，下午考英语。

6 月 12 日，郭春来要录制现代的书画作品，今天录三集书法作品。以后又录了七件，共十四件。

6 月 23 日，高考出成绩。苗苗语文 119，数学 133，外语 131，文科综合 243，共计 626 分，北京市 831 位，应是好成绩，能上 985 和 211。

7 月 2 日

无　题

酷暑无事可点评，电视屏幕不得闲。
晨起有茶喝有酒，行看流水坐观山。

7 月 16 日，晚 10:26 报告，苗苗被厦门大学金融系录取。

7 月 26 日，去张德兴处看望。张德兴之孙服役于北京卫戍区，在北戴河军队浴场执勤。

8 月 6 日，北京世纪名人国际书画院“庆祝新中国成立七十周年”第十四届中国名人名家书画精品展评审会在京举行。

8 月 7 日，今天是苗苗十八周岁生日，她同父母去舟山群岛旅游去了。下面是给苗苗十八岁生日的贺词：

苗苗：

你十八岁了，这是绚丽人生的开始。在你步入成人行列之际，由衷地祝福你茁壮成长，青春永在。十八岁是青年的象征，如同刚刚出水的芙蓉，在阳光的沐浴下，闪烁着迷人的色彩。

祝你注重培养良好的习惯，力求细节美，积极塑造坚毅、乐观、善良的人格。

生日快乐！

爷爷

8 月 8 日，山东省东营市大宋村书记张立林同延智来，让写对联：“钟灵毓秀大宋美；生态宜居万家欢。”“百年岁月当代好；千古江山今朝新。”又送：“紫气东来，云水禅缘，鉴古知今，继往开来。”

8 月 10 日，同张倩玉去南京，参加狮子桥会府成立大会。因利马奇台风影响，10 日返京。

8 月 12 日，张庆光儿子嘉禧考取西北工业大学航空航天专业，写字祝贺：“致广大，尽精微，功不唐捐。”

8 月 13 日，李波同志来谈去沂蒙采风事宜。

8 月 14 日，参加王光英同志诞辰百年在人民大会堂举行的座谈会。

8 月 15 日，去青岛参加东唐艺术公司拍摄儿童故事片《爱天的蜗牛》开机仪式。张倩玉赞助拍摄。

8 月 18 日，乘车去宽城参加宝琢酒典藏和捐赠仪式，以及“我和我的祖国”巡演第十场慈善活动。

8 月 23 日，陪同苏会长去迟静杰艺术工作室参观并进行交流。

8 月 24 日，参加鲁石先生书画展在国家画院举行的开幕式。

9 月 1 日，全家去广饶看望。中午在东营午餐。下午去高赵刘村。晚到大哥家，在金陵饭店晚餐。

9 月 2 日，上午去大妹家，后去高赵刘，午餐在路边一小店。晚在饭店同李得亮、吕曰香、马玉真同学聚会。

9 月 3 日，早饭后，红光、晓梅向南奔厦门，我们返京。

9 月 7 日，祝贺当代名典书画院乔迁之喜（入万寿宾馆 1 号楼）。送：“观化乐天与山同静，热和艳朗随地皆春。”

9 月 8 日，苗苗下午乘 Z370 去厦门。明日上午 10: 30 到厦门。红光、晓梅已到。

9 月 12 日，机关组织老干部支部去世园会参观。上午去，午饭后返回，参观四个馆。

9 月 13 日，中秋节，阴天，不见月亮。

每逢佳节倍思亲，中秋月圆思亲人。

我寄愁思于明月，千山万水众同心。

9 月 15 日，北京世纪名人国际书画院“庆祝新中国成立七十周年”书画展上午在中国政协文史馆开幕。李继耐主任出席。这是第十四届精品展，展出一百九十二件。

9 月 16 日，上午参加在国际会议中心举行的诗书画赛颁奖活动。下午参加政协历届政协委员座谈会，汪洋讲话，庆黎主持，出席三十一人，有十人发言，我是其中之一。

9 月 20 日，上午参加在政协礼堂召开的中央政协工作会议暨中国人民政协成立七十周年大会。汪洋主持，习近平讲话。

9 月 28 日，北京世纪名人国际书画院召开“不忘初心，牢记使命”座谈会。向毛林坤同志颁发聘任书，聘其为顾问。院内举行庆祝新中国七十周年书画摄影展开幕式。

10 月 1 日，未去天安门观礼，在家看电视，激动、震撼、自豪!

10 月 9 日，上午参加机关重阳节座谈会，见到许多老同志。

10 月 10 日，上午在俱乐部遇到杨正泉同志，送我一本他和夫人的书画作品集，带回家中慢慢品赏。

10 月 17 日，书画院诸君在亿万饭店雅集，共同庆祝书画院十四年取得的成就。画家在卡纸上画，书家在宣纸上写，好不热闹。

10 月 20 日，上午在国家图书馆恳谈汪碧刚的新书《未名墨语》。

10 月 29 日，在中国政协文史馆参观中国书协主席苏士澍书法展，并赠送书法集。

12 月 7 日，上午参观中国文史馆举办的尹维新冰竹画展。

12 月 13 日，同张倩玉去烟台龙口参加精准扶贫慈善餐厅揭牌仪式。

12 月 20 日，下午在丰台参加张倩玉大众慈善基金组织的纪念毛主席诞辰一百二十六周年文艺演出，以及慈善发奖、拍卖书画等活动。

12 月 28 日，上午在丰台山屯饭店参加邹德忠先生收徒弟史彤华仪式。

12 月 29 日，晚上参加在首师大举办的“秋之韵”合唱团演出活动。卢仁法是顾问也是演员。范宝俊、刘汉彬等参加。

我题词：

此曲只应天上有，人间哪得几回闻。
歌声飘过二十年，神州遍地秋之韵。

2020 年（农历庚子年）79 岁

1 月 1 日

翰墨丹青描绘美好新时代；
诗词歌赋唱响强国富民曲。

1 月 4 日，书画院成立十四周年举行笔会。

碧刚主持，我讲话。书“只争朝夕，不负韶华”。

1 月 22 日，上午参加机关团拜。汪洋主席讲话。

1 月 23 日，新冠肺炎流行，武汉封城。

1 月 24 日

新春寄语

送走金猪迎庚子，满园春色谱新诗。

凝智聚力创伟业，不负韶华争朝夕。

全面小康惊宇寰，行稳致远歌盛世。

神州腾飞康庄道，不用扬鞭自奋蹄。

北京取消庙会和各种集会活动。各地也多有感染者。春节期间不出门，不串门。国家有难，咱不添乱，宅在家里，也是贡献。一方有难，八方支援。医务工作者离家赴武汉，吃的用的全部送往武汉。习主席一声号令，全国一盘棋，武汉有救了。

1 月 28 日，中办俱乐部原计划明天开门，也通知取消了。

2 月 1 日

万众一心抗疫情

面对疫情意志坚，越是艰险越向前。

挺身而出上战场，打赢防控阻击战。

生死搏斗争分秒，人民生命重泰山。

待到春暖花开日，战胜疫情再凯旋。

3 月 11 日，中午传来消息，大哥上午病逝，享年八十二岁。

噩耗传来心内惊，泪水难忍悼胞兄。

在家你是顶梁柱，为国也曾打先锋。

一生为民老黄牛，敢同命运来抗争。
去岁一聚成永别，精神永留我心中。

沉痛悼我的大哥！

书法作品

龙

福

寿

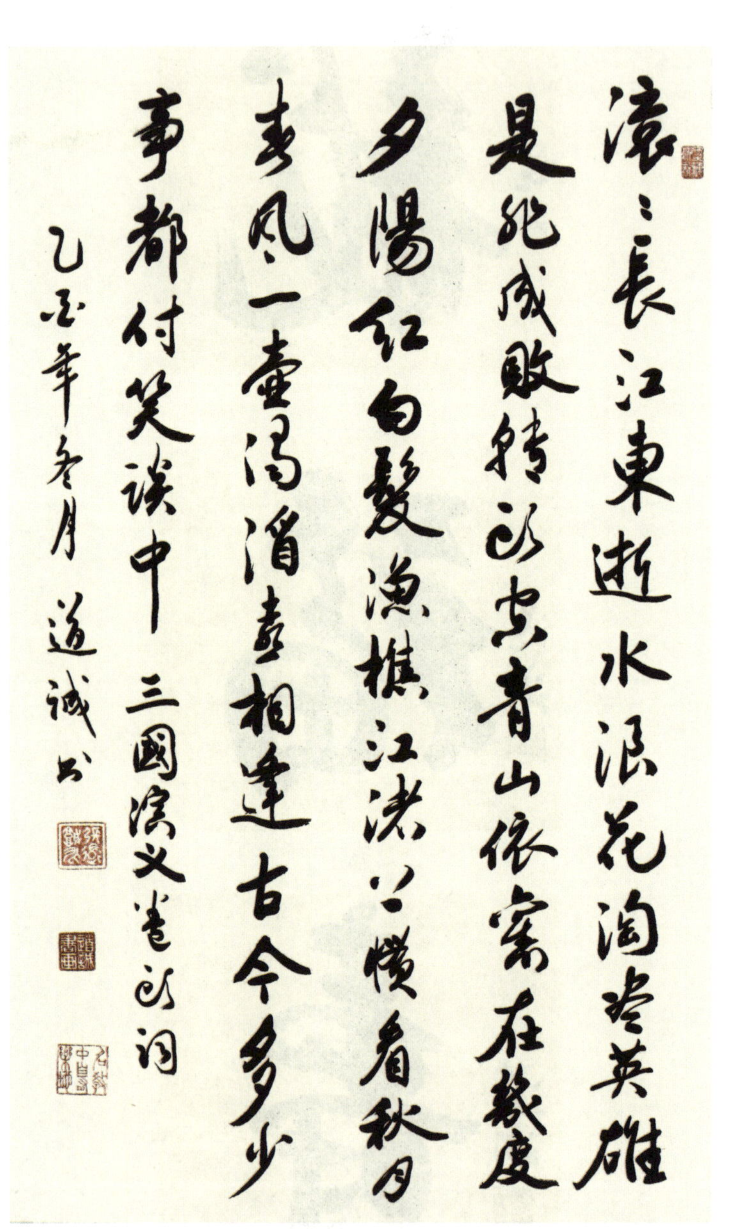

张道诚书《三国演义》卷首词

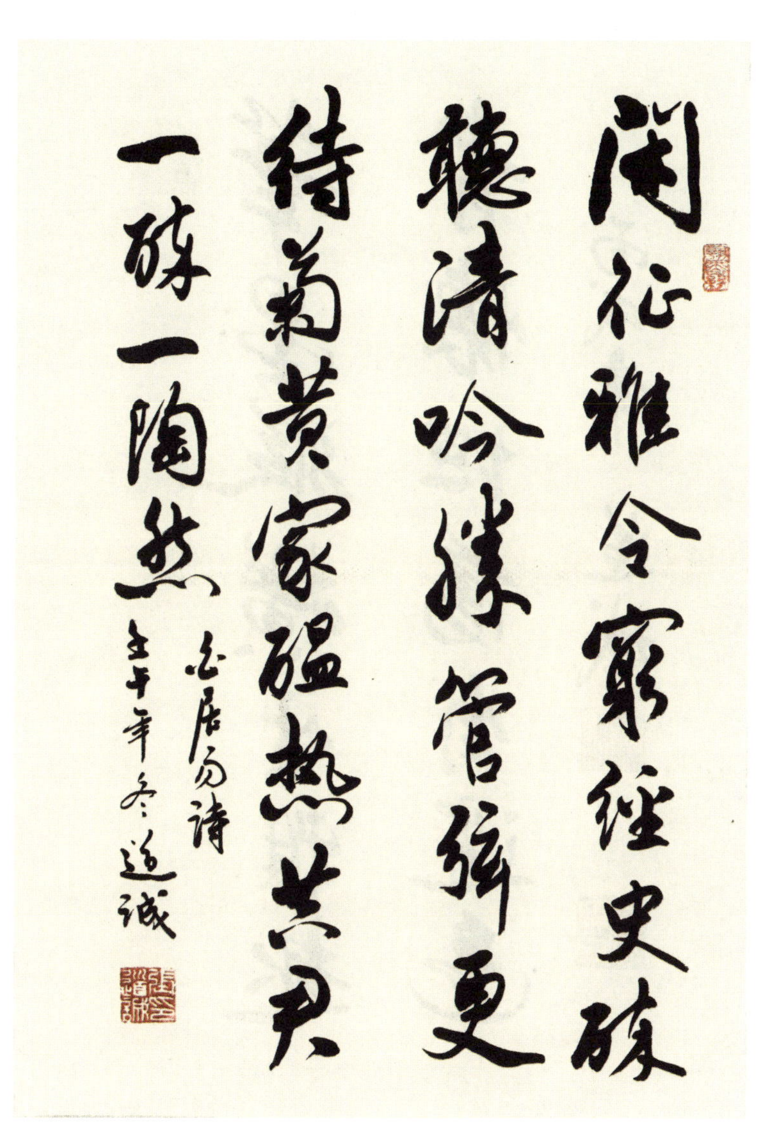

张道诚书白居易《与梦得沽酒闲饮且约后期》

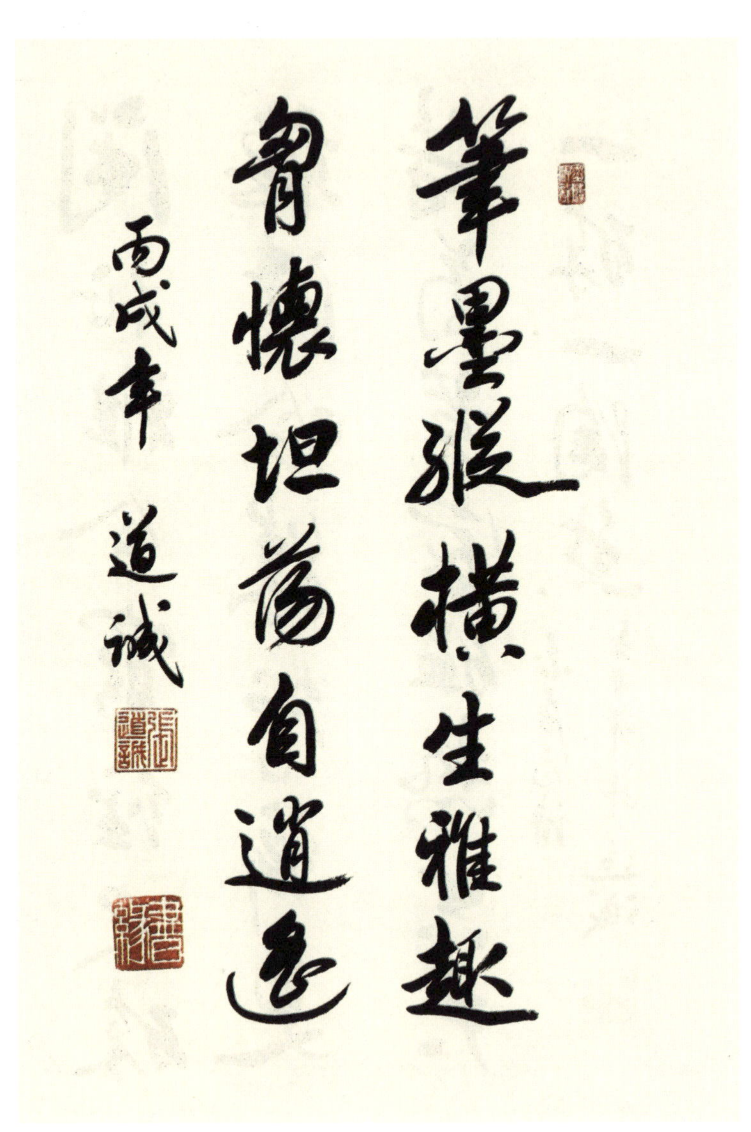

张道诚书笔墨胸怀联句

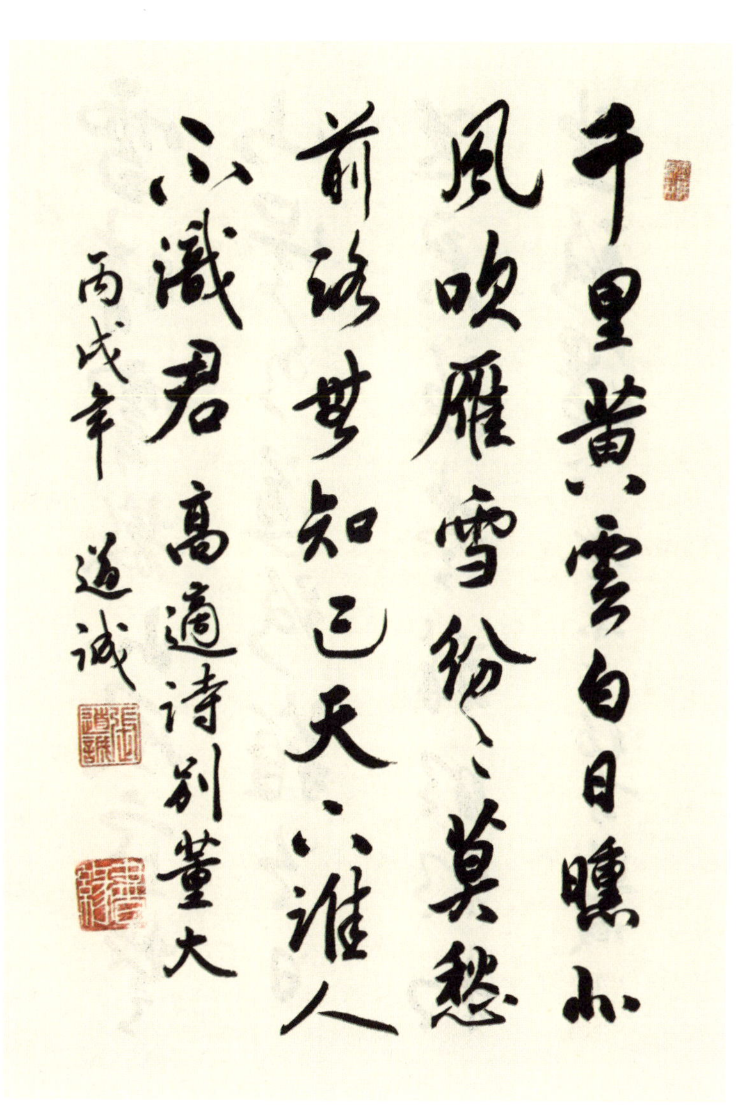

张道诚书高适《别董大》

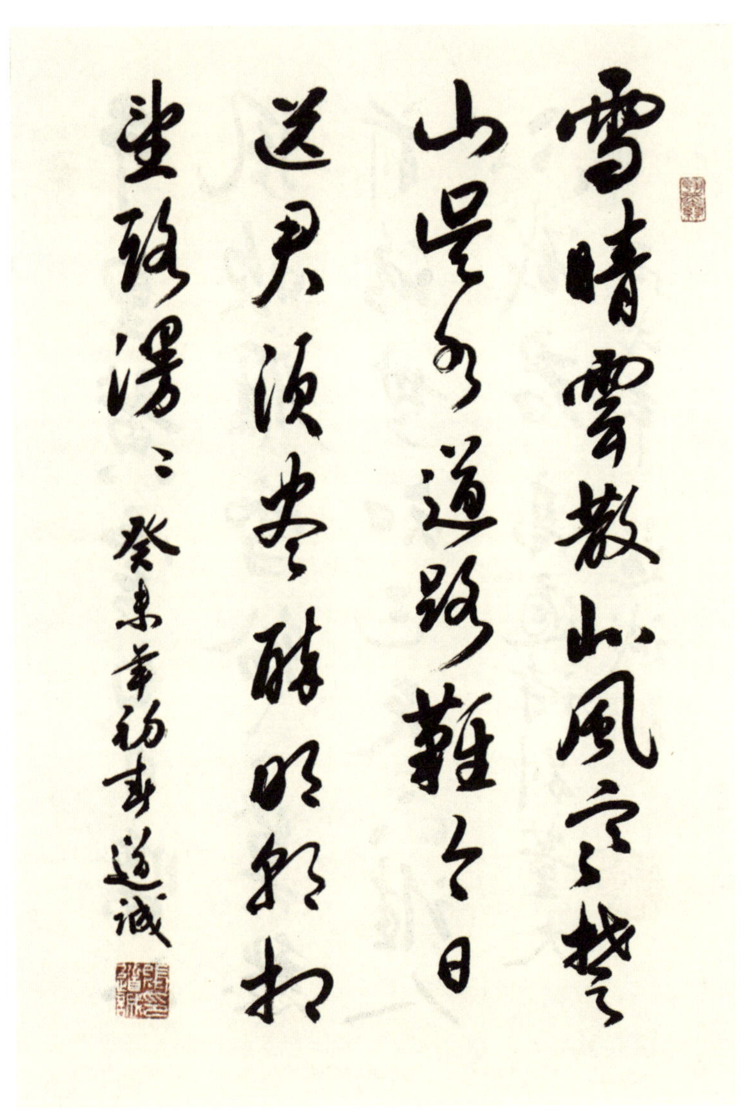

张道诚书贾至《送李侍郎赴常州》

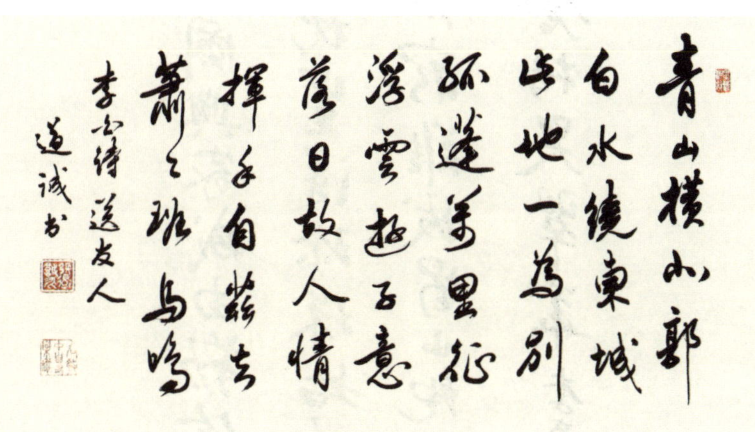

张道诚书李白《送友人》

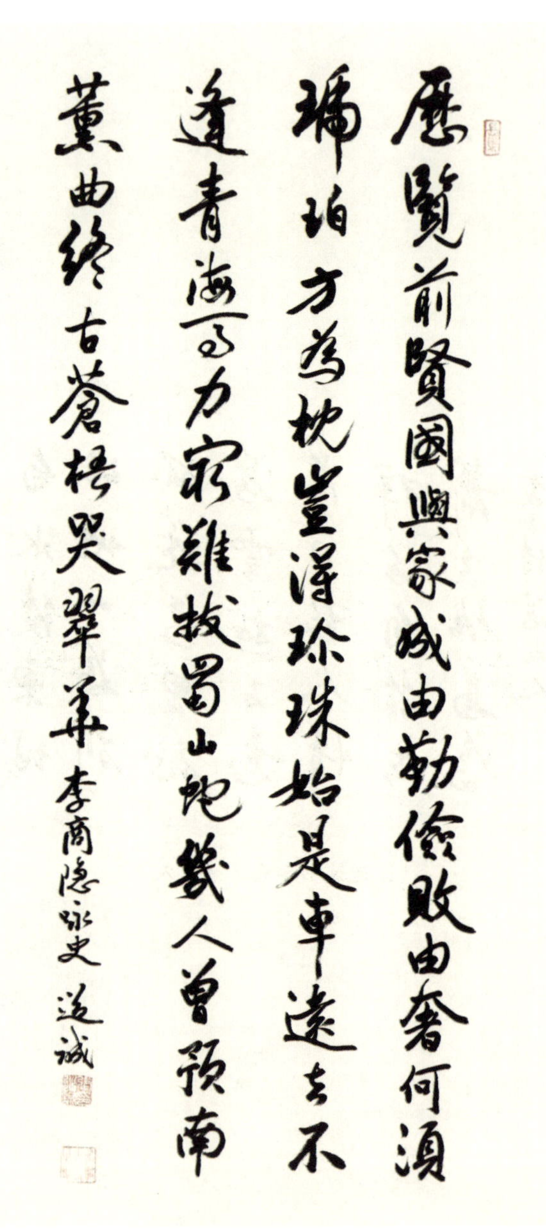
歷覽前賢國與家成由勤儉敗由奢何須琥珀方爲枕豈得珍珠始是車遠去不逢青海馬力窮難拔蜀山蛇幾人曾預南薰曲終古蒼梧哭翠華
李商隱詠史 道誠

张道诚书李商隐《咏史》

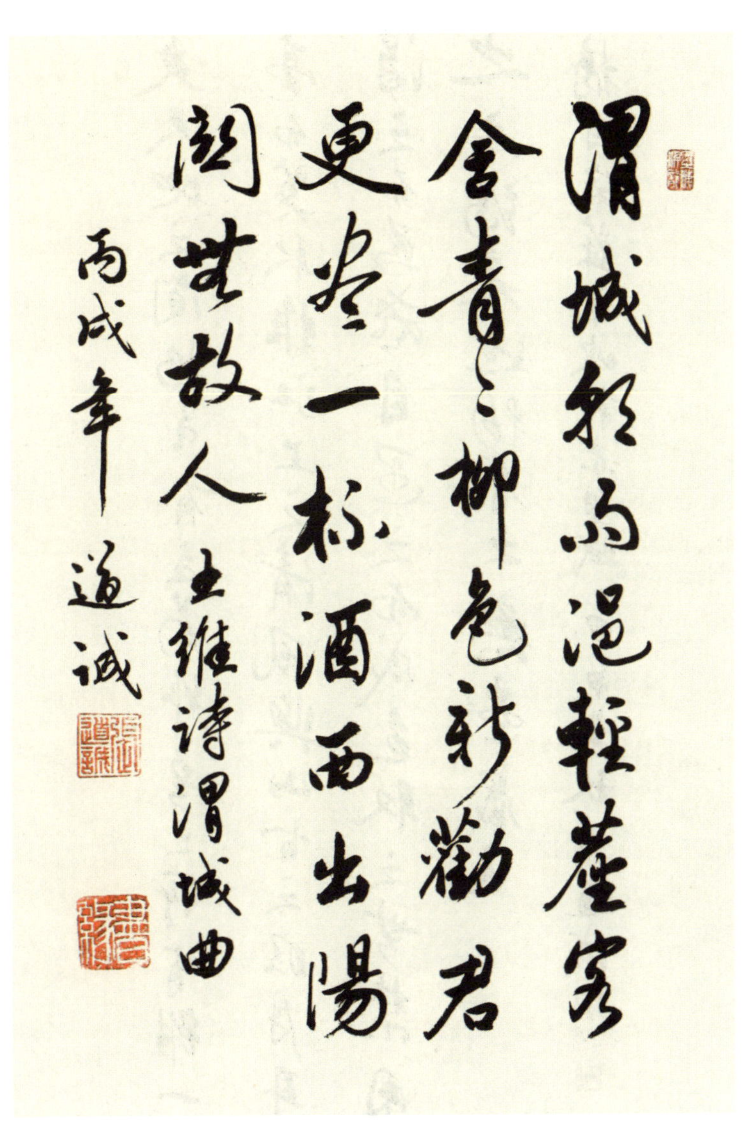

张道诚书王维《送元二使安西》

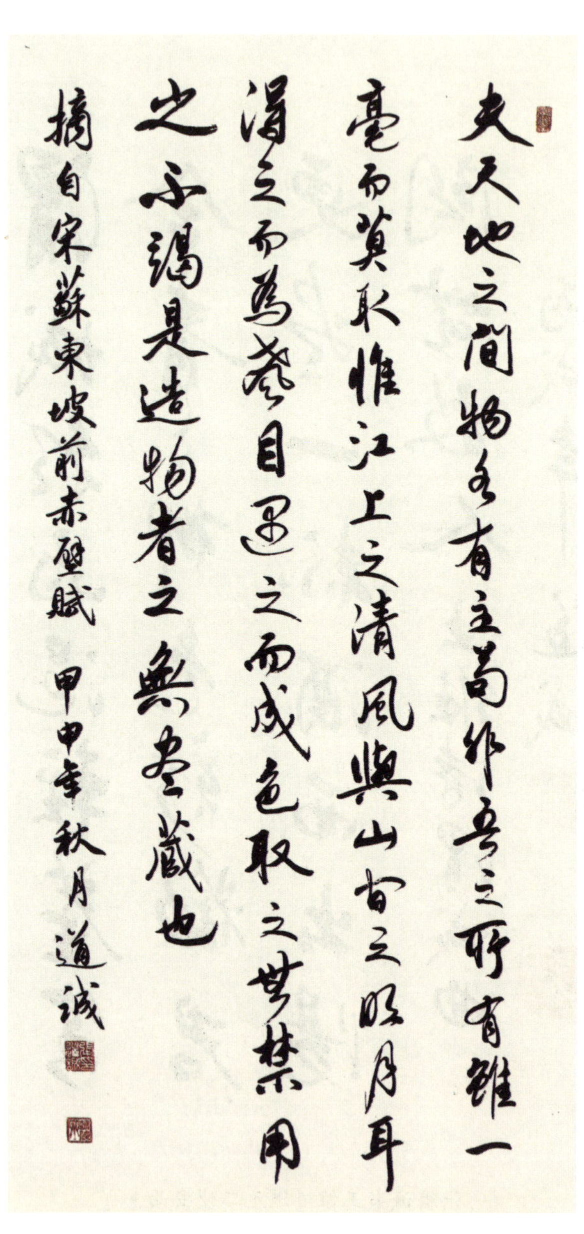
夫天地之間物各有主苟非吾之所有雖一
毫而莫取惟江上之清風與山間之明月耳
得之而為聲目遇之而成色取之無禁用
之不竭是造物者之無盡藏也
摘自宋蘇東坡前赤壁賦 甲申年秋月 道诚

张道诚书苏轼《前赤壁赋》

奥運賦

公元二〇〇八廿九奥運在京
全球為之呼吸億萬為之
伫目瞩世無前予壮其盛
遂作斯賦。曰夫奥運者現
代奥運之謂也史源希腊
古今有别始希人為尊萬
神之王宙斯于前七七六年
立節以慶约四年一举地
擇奥運林匹亚曰奥林匹
亚賽每逢其典体乐文皆
备歷時十六日勝者折桂橄
欖刻石雕影影备極崇其
其俗綿延千載始盛終衰
止于公元三九四年此為古
之奥運系為希国一地之賽
事也今之奥運始自一八九六
已歷百年先是法人顾拜旦

色仿五环红黄蓝绿黑数福
送祥睹者悦目五位一体例
奥運吉祥之数最矣更有
口號主旨同一个世界同一
個夢想納天下之意颇融
北京于一會大哉斯旨同一
个世界天同圆地同方日
同時人同心情同懷行同
宋竟同規同一個梦想同
此希望同此追求同此期盼
同此理想同此祝福同此收
获同此荣耀也百年一會
永世遗芳大同之梦來圆
北京奥運矣予銘五内感天
地之有情叹山河之壮色吁
空而頌曰永遠的奥運永
遠的北京永遠的中华
王金铃撰文張道诚书丹
二〇〇八年二月十八日於北京

张道诚书《奥运赋》

纪念辛亥革命百年庆祝中共建党九秩

首義撼山岳志士求索共和路

紅船動天地斧鐮幟旗導航燈

歲在辛卯年春月道誠書於京華

张道诚书首义红船联

文明五千年輝煌六十載
推翻舊制度建設轉乾坤
改革民富足開放國威尊
科學旗高舉發展土變金
放眼神州路繼往又創新

庆祝中華人民共和國成立六十周年 道誠撰并书

张道诚书自作诗《庆祝中华人民共和国成立六十周年》

张道诚书自作诗《上海世博会感赋》

美好願景汗水拼風柔雨润四季春
丽日陽光遍神州綠樹紅花空氣新
中華復興志彌堅和諧盛世抖精神
國富民強繪宏圖實幹興邦夢成真

歲在癸巳年初夏 道誠撰并書

张道诚书自作诗一首

生我是這片土地養我的是這片土地祖國啊我永遠熱愛你盡管你還清貧我總覺得生活是那麼甜蜜盡管你還有憂慮我總堅信未來是多麼美丽哪怕我是一棵小草也要為你增添一絲新綠哪怕我是一滴水也要為你蕩起美麗的漣漪我的祖國啊親愛的祖國無論我走到哪里我的心緊緊貼在你的懷抱里我的愛深深埋在你的心坎里

錄抄歌曲祖國啊我永遠愛你 甲午年道誠

张道诚书《祖国啊！我永远爱你》

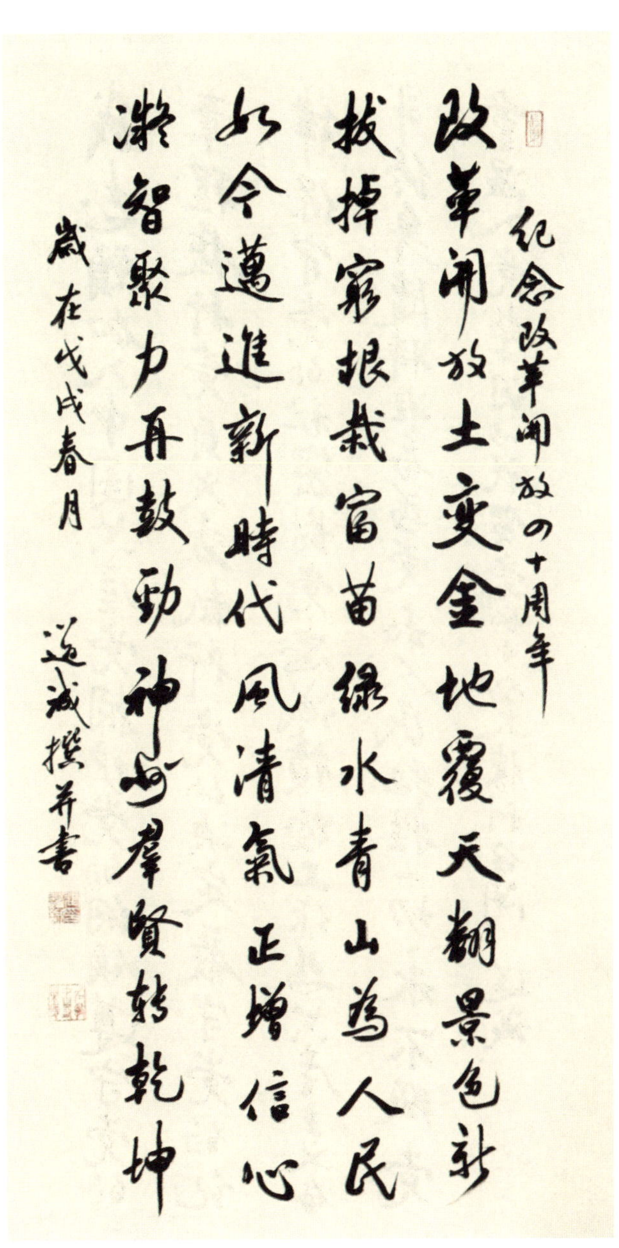

张道诚书自作诗《纪念改革开放四十周年》

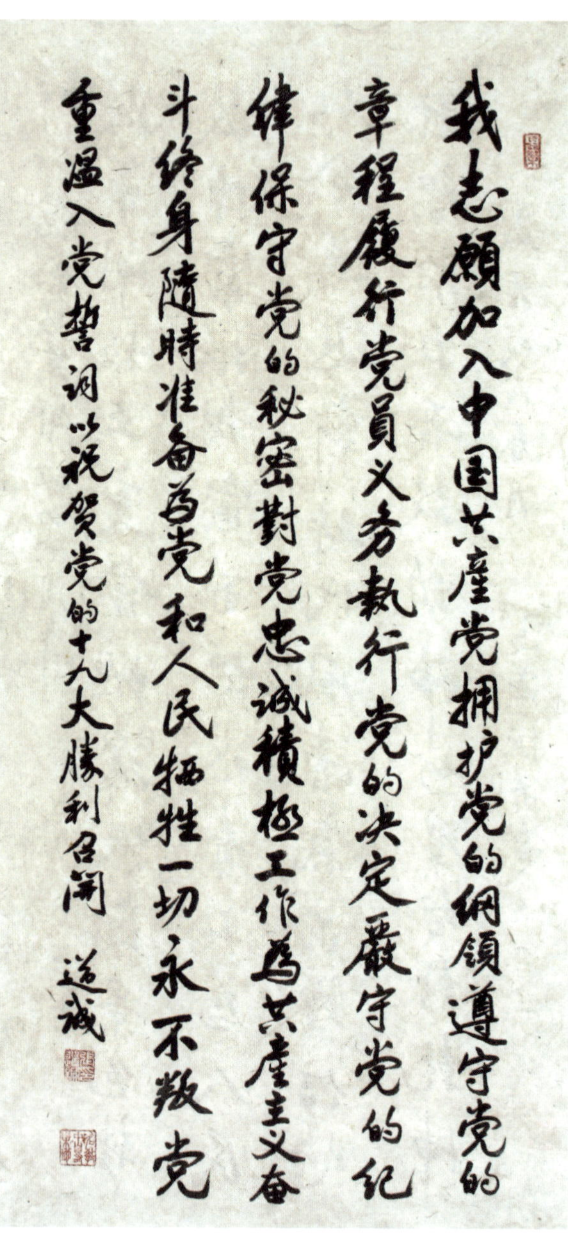
我志願加入中国共產党拥护党的纲領遵守党的
章程履行党員义务執行党的决定嚴守党的纪
律保守党的秘密對党忠诚積極工作爲共產主义奋
斗终身随時准备爲党和人民犠牲一切永不叛党
重温入党誓词以祝贺党的十九大勝利召開
道诚

张道诚书入党誓词

张道诚书自作诗《无题有感》

卜算子
傲骨卧寒冰獨
放懸崖處迎風納雪自清
芬豈向人間住空谷生幽蘭芳
心向誰訴望盡天涯覓相知
雄鷹聞其舞
徐笑梅撰 道誠書

张道诚书徐笑梅《卜算子》

张道诚书自作词《江城子·观世界杯》二首

张道诚书自作词《满江红》

张道诚书自作词《忆秦娥》《普天乐》

张道诚书自作诗《纪念周恩来诞辰 115 周年》

张道诚书自作词《水调歌头》贺母校六十周年校庆

张道诚书自作诗《赋闲有感》

写在后面的话

自订大事年表，记到去年年初抗击新冠肺炎，之后就很少参加活动了，基本上不出门，宅在家中，看电视，写点顺口溜之类的东西。到 5 月 5 日清晨，我突患脑梗，好在抢救及时，康复还在进行中，能够生活自理，一大幸也。

感谢北京医院的大夫们，也感谢我的家人对我无微不至的关心和照顾。感谢汪碧刚、刘欧祥等书画院的同人们为本书出版所付出的辛勤劳动。感谢苏士澍同志为本书题写书名。感谢关心和支持我的各位同志和朋友，谢谢你们！

张道诚

2021 年 8 月

图书在版编目(CIP)数据

笔墨半生缘 / 张道诚著. - - 北京 : 中国文史出版社, 2022.1

ISBN 978 - 7 - 5205 - 3196 - 2

Ⅰ. ①笔… Ⅱ. ①张… Ⅲ. ①随笔 - 作品集 - 中国 - 当代 Ⅳ. ①I267.1

中国版本图书馆 CIP 数据核字(2021)第 190762 号

选题策划：汪碧刚　刘欧祥
特约编辑：曾小丹
责任编辑：牟国煜

出版发行：**中国文史出版社**
社　　址：北京市海淀区西八里庄路 69 号院　邮编：100142
电　　话：010 - 81136606　81136602　81136603（发行部）
传　　真：010 - 81136655
印　　装：廊坊市海涛印刷有限公司
经　　销：全国新华书店
开　　本：720 × 1020　1/16
印　　张：15.75　　插页：16
字　　数：187 千字
版　　次：2022 年 1 月第 1 版
印　　次：2022 年 1 月第 1 次印刷
定　　价：56.00 元

文史版图书，版权所有，侵权必究。

文史版图书，印装错误可与发行部联系退换。